**edition
muensterland
media**

Bibliografische Information der Deutschen Nationalbibliothek:
Die Deutsche Nationalbibliothek verzeichnet diese Publikation in der
Deutschen Nationalbibliografie; detaillierte bibliografische Daten sind
im Internet über http://dnb.d-nb.de abrufbar.

Copyright © 2007 Max Stroth

Alle Rechte vorbehalten
Satz und Layout: logical.unit.of.work, Holzwickede
Herstellung und Verlag: BoD – Books on Demand, Norderstedt

ISBN 978-3-7322-9963-8

Dies ist ein fiktiver Roman. Ähnlichkeiten mit tatsächlichen Ereignissen und lebenden Personen sind nicht immer vermeidbar, jedoch äußerst zufällig und natürlich unbeabsichtigt.

Burg

Die Sonnenstrahlen versanken über der gegenüberliegenden Wewelsburg. Der alte Mann wandte sich von dem großen Fenster abrupt ab und blickte auf die Tafel, an der zwölf dunkel gekleidete Männer saßen.

„Im Verborgenen, im Geheimen, an versteckten, abgelegenen Orten müssen wir schon jetzt die Reservationen der blonden, heroischen Rasse anlegen. Bald werden wir wieder einem ungehörigen Gewaltigen, einer Allmacht gegenüberstehen, die so unerhört und tief ist, dass wir Menschen sie nicht zu fassen vermögen", geiferte der Mann.

Sein Auditorium applaudierte enthusiastisch.

„Und hier im Zentrum unserer Religion, in der Nähe der heiligen Stätten unserer Ahnen, wird eine gewaltige Macht entspringen. Bald ist es so weit und wir werden die Vaterlandsverräter aus Berlin treiben. Die Armada steht bereit."

Der Mann blickte herausfordernd jeden einzelnen im Zirkel an und sein Blick verweilte auf einer zwar ebenfalls schwarz gekleideten Gestalt, die jedoch eine Soutane trug und ein weißer Kragen rahmte deren Gesicht. Der Betrachtete wich seinem Blick aus und schaute auf den Boden herab. „Bleibst auch du dem Schwur treu, den du den Brüdern der schwarzen Sonne geleistet hast, Pater? Es gibt kein Zurück!"

Der Pfarrer nickte stumm.

Explosiv

Dagobert Westphalen eilte die Treppenstufen herunter. Durch die Glasfront des Treppenhauserkers konnte er bereits die Kneipe sehen, in die es ihn drängte. Er hatte sein Bier auch dringend nötig.
Es war ein mieser Tag gewesen. Zuerst hatten sie ihn nach Düsseldorf geschickt, um sich dort vom Innenminister irgendwelches neoliberales Gewäsch anlässlich des Parteitages der Mehrheitspartei diktieren zu lassen und anschließend sollte er noch besorgte Bürgeräußerungen bezüglich des seltsamen Fischsterbens in irgendeiner Talsperre im Sauerland - am anderen Ende des Landes - einfangen. „Wenn du schon mal unterwegs bist...", hatten sie gesagt.

Das Gespräch mit dem Innenminister hatte sich ohnehin schon erledigt, nachdem sich der kilometerlange Stau auf dem *Ruhrschleichweg* aufgelöst hatte und Dago sich mittlerweile in Essen und der Innenminister schon wieder im Hubschrauber befand.

„...und dann war ich gestern noch mit Bastian unterwegs", sagte seine Begleitung zu ihm und blickte ihn herausfordernd an. Mit der netten Praktikantin – gleichzeitig gut aussehende Arzttochter – teilte er bereits seit einigen Wochen Auto und Bett. In der Redaktion wurden schon die ersten Wetten abgeschlossen, wie lange das noch so weiter gehen konnte, denn eine so lange Zeit zu überstehen, war für Dagos Verhältnisse schon rekordverdächtig.

Für seine direkte und offene Art – oder war sie einfach nur tollpatschig? – mit dem anderen Geschlecht umzugehen, war er mindestens im Kollegenumfeld bekannt.

Dago versäumte es natürlich auch jetzt, die von der Gesprächspartnerin bezweckte und erwartete Eifersucht an den Tag zu legen: „Was machst du denn mit der Hohlbirne? Naja, wenn du meinst, ein Stelldichein mit unserem Herrn Redaktionsleiter würde Dich weiter bringen, ich hab' nix dagegen."

Die nächsten Kilometer der Fahrt entlang der Ausläufer des Rothaargebirges schwieg er seine Begleitung an. Er hatte in letzter Zeit eine gute Übung in Sachen Trennung erhalten. Obwohl der Sommer für ihn viele neue Bekanntschaften brachte, war nichts von Dauer dabei. Seine verkümmerte sensible Wahrnehmung für Stimmungslagen trug ihren Teil dazu bei. Seine direkte, manchmal schon fast cholerische Art, führte üblicherweise schon nach kurzer Zeit zum Scheitern jeglicher partnerschaftlicher Annäherungen.

Obwohl er eigentlich ganz gut aussah, wie er befand. Sein stämmiger, etwas gedrungener, aber durchtrainiert wirkender, Körper trug einen kahlrasierten Schädel. Das verlieh ihm ein gefährliches Aussehen, das auch die edlen Anzüge, in denen er überwiegend steckte, nicht entschärfen konnten und sollten. Im Widerspruch zu seinem Aussehen stand seine recht hohe Eloquenz, gepaart mit einer schlagfertigen und unterhaltsamen Art – Frauen schienen auf diesen Typ zu fliegen.

Dago zog sich die achte Bifi Roll auf dieser Etappe rein und goss massig Cola drauf.

„Du nervst echt", moserte Tine, als sie am Drehort angekommen waren, „und Deine ewige Bififresserei ist übrigens auch voll eklig. Bastian sagt das auch."

„Schade", sagte Dago, „gut, dass wir das frisch gekaufte Futtonbett noch nicht aufgebaut haben, dann kann ich es wenigstens noch bei IKEA umtauschen. Und jetzt schnapp dir die Tasche mit dem Material."

Dann ging er seiner journalistischen Berufung nach und konnte tatsächlich ein paar Stellungnahmen mehr oder minder aufgeregter Sauerländer auf Digi-Band aufnehmen.
Leider war dieser dieser, zweifelsohne von hohem Wert geprägte, Beitrag schon am frühen Morgen wieder aus dem Programm verbannt worden – aber das hatte er wie so oft erst nach dessen Fertigstellung erfahren.

„Dafür schlör ich Dich den ganzen Tag auf meiner Schulter umher", beschwerte er sich bei seiner DigiCam, die er nun in seiner rechten Hand trug.

Nach der Redaktionskonferenz zogen Tine und Bastian händchenhaltend ab. Also beschloss Dago, den heutigen Abend im Beisein von Fritz Brinkhoff und Hans A. Pils zu verbringen.

Er freute sich schon auf das gezapfte Bier, das inzwischen nicht mehr aus der Brauerei kam, in dessen ehemaligen Gebäuden nun die Fernsehproduktionsstätten angesiedelt waren, die ihn als freien Videojockey beschäftigten. Hier kannten ihn alle nur als Dago, sein richtiger Name existierte nur noch im Personalausweis.

Als er gerade die letzte Stufe mit einem mehr oder weniger galanten Schritt überwinden wollte, ließ ein gewaltiger Knall ihn und das Gebäude erzittern.

Dago stürmte auf die Straße und sah – ziemlich direkt hinter dem schäbigen Gebäude, in dem sich das Videoarchiv befand – eine gewaltige Rauchsäule aufsteigen.
Er schrieb seufzend sein Bier ab, stöpselte den nahe gelegenen Bauzaun auseinander und stand auf der gewaltigen Brachfläche Phönix Ost – benannt nach dem gewaltigen Stahlwerk, das dort damals täglich tausende von Arbeitern und Mengen an Giftstoffe in diesen Vorort brachte.

Nun sollte an Stelle des Stahlwerkes ein gewaltiger See treten, mit Yachthafen und schicken Häusern am Rande. Noch waren nur einige Pfützen, die das eben vorbeigezogene Sommergewitter hinterlassen hatte, die Vorboten hierfür. Ansonsten waren fast alle Gebäude platt gemacht worden. Gewaltige, von rot-weißem Flatterband umrahmte, Gruben zwangen ihn zum Zickzacklauf über das Gelände, so dass er für die wenigen hundert Meter mehrere Minuten brauchte.

Als er dort ankam, blieb er zunächst verwundert stehen. Statt der erwarteten Blaulichtfraktion aus silberblauen und roten Fahrzeugen fanden sich dort nur zahlreiche Bagger, Transporter und Jeeps der projektführenden Baufirma.

Ein Mann, der aufgrund seines Outfits eigentlich eher Türsteher einer Möchtegern-Schickimicki-Disco sein konnte, als Bauarbeiter, jedoch durch den Aufnäher *Thule-Bau* zweifelsfrei als dem hier tätigen Baugewerbe zugehörig betrachtet werden konnte, stellte sich ihm in den Weg. „Halt, sie können hier nicht weiter", sagte er und verzichtete völlig lässig auf die sonst übliche Nummer, das Objektiv der Kamera, die seit dem gewagten Sprung auf das Gelände unablässig lief, mit der Hand abzudecken.

„Presse, ich muss durch", flötete Dago, jedoch ohne eine nachhaltige Wirkung zu erzielen.

Der Mann mit der schwarzen Hose, dem schwarzen Hemd, dem schwarzen Blouson und dem schwarze Barret über der verspiegelten Sonnenbrille sprang ihm ohne große Anstrengung in den Weg. „Sie dürfen das Baugrundstück nicht betreten", belehrte die Stimme ihn konsequent. Noch zwei Schritte und Dago stolperte über das Bein, das plötzlich in seinen geplanten Aktionsbereich hineinragte. Unsanft knallte er mit dem Kopf gegen irgendein hartes Relikt, das aus dem Boden ragte.

Als er wieder zu sich kam, galt sein erster Griff seiner Kamera, diese schnurrte zu seiner Beruhigung unverdrossen weiter.

Ein sorgenvoller Türstehertyp eilte auf ihn zu und erkundigte sich mit besorgter Stimme, aber nicht ohne unverschämtes Grinsen, nach seinem Befinden: „Oh je, sie sind ja bös' gestolpert. Nun ja, man sollte sich auch nicht auf Baustellen rumtreiben. Geht's bei ihnen wieder?" Dago knurrte eine seiner Meinung nach passende Antwort zurück, die jedoch im Geräusch der wiederanlaufenden Maschinen unterging.

„So, wir müssen arbeiten, gehen sie doch bitte jetzt. Und passen sie das nächste Mal besser auf", beschied der Mann ihm. „Worauf du Dich verlassen kannst!", tönte Dago zurück, klemmte die Cam in die rechte Hand und tat das, was er schon vor einer halben Stunde hätte machen sollen: Er ging in die Kneipe.

Nachdem er die ersten drei Bier weggesteckt hatte, bemerkte er, dass seine Digicam noch lief. „Vielleicht ist ja noch was drauf", dachte er und spulte den Film zurück. Durch den integrierten Monitor betrachtete er, was sich abgespielt hatte. Seinen weltrekordverdächtigen Slalomlauf durch die Baustelle beschleunigte er nochmals im Schnelldurchgang, interessanter fand er dann eher die Stelle, die er am heutigen Tag das erste Mal sah: Kurz nach seinem Sturz näherte sich dann doch ein Blaulicht, das etwa zwanzig Meter vor der Linse hielt. Doch obwohl das Auto aussah wie ein Krankenwagen, fehlte ihm doch die typische Lackierung; Der Wagen war olivfarben, jegliche Aufschrift fehlte.
Noch bemerkenswerter fand er jedoch die Tatsache, dass sich plötzlich drei Männer dem Wagen näherten, von

denen nur zwei gingen und einer – der auf Dago eher einen nicht mehr lebendigen Eindruck machte - getragen wurde. Das Auto setzte sich dann mit heulendem Motor und ohne Blaulicht wieder in Bewegung setzte und bog auf die nahe gelegene Straße Am Remberg ein.

Vier Bier später hatte sich sein Zorn auf den Thule-Mann und sein Interesse vervielfacht, so dass er beschloss, sich die Sache am nächsten Tag mal genauer anzuschauen.

Bunkerwelten

Als der Wecker klingelte, wollte Dago es kaum wahrhaben, denn die fünf Stunden Schlaf, die ihm nach Verlassen des Ladens noch geblieben waren, erwiesen sich – auch angesichts des abschließend doch noch erzielten Bierpensums - als nicht ausreichend.

Sein obligatorisches Frühstück bestand aus einem Glas Cola und – der besten Erfindung der letzten Jahre, wie er befand – einer Bifi-Roll Peperoni. Er pellte sich die letzte Wurst aus der Aluhülle und knüllte den Abfall in seine Hosentasche – so würde er die Neubeschaffung nicht vergessen.

Es regnete Bindfäden, und er hatte das Auto natürlich gestern in Hörde auf dem Firmenparkplatz stehen lassen. Während er die Kleingartenanlage *Frohe Arbeit* – deren Name heute für ihn überaus höhnisch klang - durchschritt und der hoch spritzende Schlamm seine schwarzen Hosenbeine beige färbte, hätte er sich dafür ohrfeigen können, dass er sein letztes Geld gestern Abend in Bier investiert hatte und es für eine Fahrkarte heute nicht mehr reichte.
Das was er gestern erlebt hatte, war für ihn noch lange nicht abgehakt. Irgendetwas war faul und er würde herausfinden was.

Nachdem er sich zunächst erst mal nach seiner Ankunft in der Redaktion mit dem obligatorischen Kaffee am

Empfang versorgt hatte, erklomm er die Treppen zur Geschäftsleitungsetage.

Er wartete einen günstigen Moment ab, bis die Sekretärin des Programmchefs in der nebenan liegenden Küche verschwunden war, um sich ein Tässchen Cappuccino vom Edelcaffeevollautomaten bereiten zu lassen.
Als diese das Stapfen seiner Schritte hörte, stand er längst im Büro des Inhabers, Programmchefs und seines Hauptbrötchengebers. Carl Schöttler, von allen ‚Calla' gerufen, erschrak und klickte hektisch einige Fenster auf seinem Monitor zu, ehe er realisierte, wer sein Büro betreten hatte. Calla war, angesichts des von ihm bislang Erreichten, mit seinen vierzig Jahren noch recht jung, hatte ein smartes Auftreten und über seine Erfolge bei den Frauen erzählte man einige Legenden. In den letzten Jahren aber war er ruhiger geworden, hatte ein Haus gekauft, ein Apfelbäumchen gepflanzt und es zudem noch geschafft, seine letzte Eroberung zu heiraten.
Calla klopfte sich Zigarettenasche vom Revers seines Anzuges und grinste: „Auto kaputt, Anzeige wegen zu schnellen Fahrens oder Stress in der Redaktion, richtig?"

„Ey, Calla, der Sack von Redaktionsleiter hat mich gestern wieder quer durch die Pampa geschickt und wofür, für nix."
Calla kannte diese Scharmützel bereits, atmete tief durch und wählte die Nummer des Beschuldigten. „Ich habe gehört, du hast Dago gestern wieder in die Wüste geschickt und dann doch nichts gesendet. Nennst du das Planung?" Kurze Pause. Calla lief Hochrot an. „Ich gebe

dir gleich ‚Zufall und Irrtum'. Komm mal fix in mein Büro." Der Hörer flog auf die Gabel. Der Chef schaute sich um, doch Dago hatte sich bereits mit einem zufriedenen Grinsen auf den Weg ist Redaktionsbüro gemacht.

Heute sollte er dann zunächst auf weitere mögliche Einsätze warten, von denen schon klar war, dass diese nicht kommen würden. Als Videojockey einer aus Sicht der Programmredaktion fremden Beitragszulieferfirma stand er auf Abruf bereit. Dann musste immer alles ganz schnell gehen. Da er Kameramann und Redakteur in einem war, konnte er schneller und flexibler eingesetzt werden, als die Festangestellten – war jedoch davon abhängig, was ihm an Arbeit angetragen wurde.

An jedem anderen Tag wäre die Retourkutsche für ihn ein Grund für ein erneutes Scharmützel mit diesem Lackaffen von Redaktionsleiter gewesen, doch heute passte es ihm wunderbar in den Kram.
Er verabschiedete sich also offiziell zur Pause, schwang sich in seinen Octavia Kombi, nachdem er vorher sämtliche Schilder seines Arbeitgebers bzw. des beauftragenden Privatsenders abgerissen und durch Schilder der *Freundkamp Bauunternehmung* ersetzt hatte. Mit seinem solcherart ausgewiesenen Baustellenfahrzeug verschwand er wieder zum Phönixsee, diesmal aber fuhr er zur Baustelleneinfahrt am Emschertor.

„Die Baustelle ist ja besser bewacht, als Fort Knox." dachte er sich, als er sich der Einfahrt näherte, doch außer grimmigen Blicken – diese vermutete er jedenfalls hinter den getönten Gläsern der Sonnenbrillen des bewachenden Personals – wurde ihm scheinbar keine besondere Aufmerksamkeit zuteil.

Er parkte seinen Wagen zwischen einem Fahrzeug von Thule Bau und dem einer Firma für Sprengarbeiten. „Passt ja", dachte er und betrachtete die Umgebung. Obwohl fast alle Gebäude auf der Brache dem Erdboden gleichgemacht wurden, standen in diesem Bereich noch einige Betonbauten, die mit ihren vielen zusammenlaufenden Überlandkabeln wie eine Mischung aus Umspannwerk und Silo wirkten.

Durch eine der Türen, welche lediglich mit den Worten *Hochspannung – Vorsicht Lebensgefahr* beschildert waren verließen gerade etliche Arbeiter den Bau. „Prima, dann wird ja keiner mehr drin sein" mutmaßte Dago und betrat den dahinter liegenden Raum. Er schaute sich verdutzt um, denn hier war höchstens Platz für drei Leute, die sich auf die Stühle rund um den kleinen Tisch verteilen konnten, auf dem irgendwelche technischen Zeichnungen lagen.

Da er davon ohnehin nichts verstand und er die Frage nach der Herkunft der überschüssigen Personen viel interessanter fand, sah er sich den Raum genauer an. An der Stirnseite des Raumes waren verschiedene Schaltschränke angebracht, auf einigen informierten Leuchten und Zeiger über irgendwas ihm völlig Unbekanntes. Dago wollte sich gerade wieder dem Ausgang zuwenden, als er plötzlich Gemurmel hörte.

Schnell setzte er sich mit dem Rücken zu den Schränken an den Tisch und tat so, als wäre er in die Pläne vertieft. „Mahlzeit" grüßte eine Stimme aus der geöffneten Tür des rechten Schrankes. „Mahlzeit" murmelte Dago ihm hinterher. Nach etwa einer halben Minute sprang er auf und tatsächlich konnte er die Stahltür einfach aufziehen.

Er blickte zunächst ins Schwarze, bis sich seine Augen an die Dunkelheit gewöhnten und er die Treppen bemerkte, die steil hinunterführten. Er tastete sich die Treppen hinab und fühlte an den Wänden grob behauenen Stein.

Nach etwa zwanzig Stufen befand sich Dago in einem Stollen, der mit kaltem, schwachem Licht beleuchtet wurde. *Stehenbleiben bei Todesstrafe verboten, der Bunkerkommandant*, las er eine aufgesprühte Botschaft, die er aufgrund der Typographie eindeutig der Mitte des vergangenen Jahrhunderts zuordnen konnte.

Nach der nächsten Biegung jedoch stand er mitten in einem Stollen mit moderner, heller Neon-Beleuchtung, die auf den offenbar frisch verputzen Wänden angebracht war. Links und rechts flankierten zahlreiche Türen den Gang, der sich geradlinig fortsetzte.

Er schlich den Tunnel entlang. Ab und zu blieb er stehen uns lauschte. Durch einige Türen drang ein leises Murmeln. Einige Nischen später hatte er Glück, durch den geöffneten Spalt konnte er ein paar Gestalten erblicken, die an Computern saßen, die entlang der Wand aufgebaut waren. Dago staunte nicht schlecht.

Ein lautes Rufen hinter ihm ließ ihn zusammenzucken: „Halt, stehen geblieben!", rief ein mindestens mit einer Taschenlampe bewaffneter Mann. „Is' klar…" Dago tat natürlich nicht, was ihm auferlegt wurde, sondern lief, was das Zeug hielt, immer weiter in den Tunnel hinein. Mittlerweile hatte er die Lichter hinter sich gelassen und es war dunkel in dem Gewölbe. Lediglich der Lichtschein der Taschenlampe hinter ihm, der an den glatten, weißen Tunnelwänden reflektierte, wies ihm den Weg.

Dago verfluchte jedes Bier der vergangenen Wochen. Plötzlich wurde der Boden matschig und Dago rutschte, rappelte sich auf, lief weiter und spürte einen Zementgeschmack auf seiner Zunge, doch Gedanken dazu wollte er sich später machen - einem lauten Fluch entnahm er, dass das Hindernis auch für seinen Verfolger überraschend gekommen sein musste. Ein dumpfer Knall der zerberstenden Taschenlampe erschallte und Dago stand im Dunkeln, aber nur kurz, dann hastete er weiter, so schnell es sein Tastsinn zuließ – immer an der Wand entlang.

Nach einiger Zeit, wahrscheinlich war es nicht mal eine Minute, aber das konnte Dago unmöglich nachvollziehen, wurde er jäh von einer Stahltür gestoppt, die den Weg versperrte und gegen die er so mit einiger Wucht prallte.

Dann erst flackerten die Lampen an der Decke kurz auf und er stand im gleißenden Licht. Gleich würden sie ihn haben. Er zwang sich, ruhig zu bleiben. Nun konnte er die grün lackierte Tür wenigstens genauer in Augenschein nehmen und die frische, grüne Farbe verhieß Gutes. Er drückte den schweren Öffnungsbalken herab und mit einem sanften Klicken öffnete sich die vorschriftsmäßig gekennzeichnete und offenbar bestens gewartete Fluchttür.

Dago stand in einem beleuchteten, mit abgerissenen Plakaten von irgendwelchen Bands behangenen, Treppenhaus und hetzte die Stufen hoch, und stieß, oben angekommen, mit einem Hippie, der seinen Gitarrenkoffer gerade ins nächste Geschoss wuchten wollte, zusammen.
„Ey, Alter, wo kommst du denn her", fragte der Musiker. „Aus dem Weinkeller, wo geht's denn ans Licht?", antwortete er. Der Langhaarige drehte sich um, offenbar zufrieden mit der erhaltenen Antwort, und zeigte mit dem Finger auf die Tür hinter ihnen: „Da ist draußen…", bedeutete er, und fast zeitgleich huschte Dago durch die Tür und knallte diese ins Schloss.

„Bloß weg!", dachte Dago, als er auf der Straße stand. Er hörte aber erst auf zu rennen, als er in der Hörder Fußgängerzone im Tabakladen stand.

Gewusst wo...

„Nanu, Herr Westphalen, so eilig heute?", fragte ihn der Pfeife rauchende Senior hinter dem Tresen, „was darf es denn sein? Ein Päcksken Black Luxury für die Pipe oder eine Schachtel Validos fürs Gemüt?"
„Heute mal zwei Bock'y", entgegnete Dago, ließ sich die eine Zigarre verpacken, zahlte beide, schnitt und entzündete die andere und wollte nach einigen Zügen den Laden verlassen - jetzt mit deutlich reduziertem Herzschlag – als der Senior ihn noch fragte: „Kommen sie von einer Baustelle?" Jetzt erst bemerkte er, dass er von oben bis unten mit Beton besprenkelt war und auch seine Schuhe denen von unfolgsamen Mafiosi auf dem Grund des Michigan-Sees glichen.
Er blickte auf die Spuren, die er auf dem Ladenteppich hinterlassen hatte und murmelte: „Meine Redaktion wird das klären..." und tippelte vorsichtig hinaus.

Er ging die letzen Meter durch die Fußgängerzone und betrat das Studiogebäude und meldete sich dort von der Pause zurück.

„Dago, mach die Kippe aus", brüllte ihn der Redaktionsleiter schon von weitem an. „Oh oh, Stress mit dem Chef? Oder hat der Herr gestern schlechten Sex gehabt?", gab Dagobert zurück und scannte die Redaktionsräume vielsagend nach seiner Ex ab.

„Ey, das stinkt aber echt", maulte ein Kerlchen aus der hintersten Ecke. Den aufgeblasenen Praktikanten, der sich offenbar schon für den neuen Stern am Reporterhimmel hielt und ihn am lautesten anmoserte, beauftragte er dann prompt mit der Lieferung einer Tasse Kaffee und der Abholung seines Autos von der Baustelle.

Der Redaktionssekretärin – ohnehin schon ständig mit den Nerven am Ende – gab er die Telefonnummer des Tabakladens. „Du müsstest da mal was klären. Stichwort: Fußboden. Geheime Sache, ruf da mal bitte an."

Nachdem Dago den Kaffee und die Zigarre – mit Rücksicht auf die Kollegen dann doch im Foyer – zu sich genommen hatte, schwang er sich direkt an sein Telefon und rief beim Tiefbauamt an, um Infos über ein Stollensystem in Dortmund-Hörde zu erhalten.
Nachdem er mehrere Male umher gereicht wurde, erklärte sich der Mann am anderen Ende der Leitung für nicht zuständig und verwies an die Feuerwehr. Doch auch bei der Feuerwehr und dem übergeordneten Ordnungsamt wusste man natürlich nichts und empfahl ihm schließlich, sich ans Tiefbauamt zu wenden.

„So nicht, Jungs", dachte er sich. Er nahm sich einen Stadtplan aus dem Regal, entfaltete ihn auf dem Bürotisch und studierte ihn sodann ausgiebig. Er knüddelte ihn anschließend zusammen, steckte ihn in die Tasche und ging auf den Parkplatz. Dort enterte er seinen Tschechenpanzer, der mittlerweile wieder an seinem Platz stand.

Dago fuhr über die Faßstraße Richtung Innenstadt, vorbei an dem Hochbunker, aus dessen Tür er vorhin entwischt war, und der nun ganz unkriegerisch als Lager und Proberaum für verschiedene Bands aus der Region vermietet wurde.

In der Zwickauer Straße, nahe des innerstädtischen Wallrings, angekommen, parkte er sein Auto etwas abseits, kramte im Kofferraum und ging, bewaffnet mit einem Seitenschneider, in die kleine Seitengasse. Vor gut zwanzig Jahre her hatte er hier verbotenerweise oft gespielt.

Er musste einige Zeit suchen, bis er den kleinen grauen Kasten mit der Aufschrift „Fernmeldeanschlusseinheit" gefunden hatte. Der Kasten befand sich neben der hinteren Eingangstür des angeblich atomsicheren Bunkers und zwar so weit unten, dass er Dago erst auffiel, als er das Gras dort mit den Füßen niedertrat. Und Bingo: In den Kasten lief nicht nur das alte, halb marode Kabel hinein, sondern ebenfalls ein rotes, recht neues.
Nach kurzen Blicken nach rechts und links zog er den Seitenschneider aus der Tasche – dabei wunderte er sich mal wieder über das irgendwie perverse *Frei-/Besetzt*-Schild über der Bunkertür - und setzte diesen dann flink an und zertrennte das rote Kabel. Einen kleinen Moment kam er sich dabei beinahe so vor, wie ein Bombenentschärfer in Zeitnot. Er ging nun wieder zurück zu seinem Auto, setzte sich hinein, stopfte seine Pfeife mit Cellini-Tabak, setzte das Präparat in Gang und harrte der Dinge, die kommen sollten.

Nach fast einer Stunde, die Pfeife war gerade erloschen, erschienen sie tatsächlich: Ein cremefarbener Polo mit kommunalem Kennzeichen bog um die Ecke. Zwei unscheinbare Typen, Typ Pat und Patachon, stiegen aus. Sie machten sich ebenfalls zunächst auf die Suche und entdeckten erst nach einigen Minuten den Kasten mit dem zertrennten Kabel. Sie quittierten den Erkenntnisgewinn mit verärgerten Rufen.

„Das wär's dann mit dem pünktlichen Feierabend gewesen", hörte er den Dicken fluchen, der sich sodann zurück zum Auto schleppte, um nach der Bergung aus dem Kofferraum mit einer Montagekiste zurückzukehren.

Nach einer Viertelstunde Gewerkel hatten sie dann offenbar alles wieder hergerichtet und stiegen in Ihr Auto, um sich durch den Berufsverkehr ihrem Feierabend entgegenzuarbeiten. Dago hatte keine Schwierigkeiten, ihnen im Stadtverkehr zu folgen.

Fast erwartungsgemäß bogen sie vom Südwall ab auf den Parkplatz vor dem Stadthaus. Die beiden stiegen aus und betraten das Portal zur Bürgerhalle um dann dem Treppenhaus zuzusteuern.

Dago folgte ihnen die Treppen hinab bis ins zweite Kellergeschoss. Hier roch alles muffig und bestimmt hatte sich die letzten Jahre kein Besucher hierhin verirrt. Die beiden verschwanden hinter einer Tür.

„Hallo, was machen sie hier?", fragte der alte Mann mit dem zerfurchten Gesicht und dem Rollkarren, der mit

Bergen von Post beladen war. Dago schluckte. „Ich suche das Klo", entgegnete er mit fester Stimme. „Hier unten?", ein ungläubiger Blick musterte ihn, „die Besuchertoiletten sind im Erdgeschoss, gleich am Eingang."

Murmelnd machte sich Dago auf den Weg nach oben – zur Sicherheit drehte er noch eine Ehrenrunde durch die Halle mit den Serviceschaltern, vor denen sich Dienstleistungsersuchende drängten, und wandte sich dann dem Ausgang zu.

„Sie sind doch sicherlich von der Presse, sie sehen jedenfalls so aus", sagte der zerfurchte Mann von eben zu ihm, „vielleicht kann ich ihnen ja helfen. Kommen sie mal mit!"

Fragend schaute Dago ihn an, doch der Alte hatte sich bereits abgewandt und schlurfte die Freitreppe hinter dem Ausgang herab, ohne sich umzusehen.

„So, dann sagen sie mal, was sie suchen. Wissen sie, es kommt selten vor, dass sich jemand zu uns in den Keller verirrt und die Ausrede mit dem Klo ist so ziemlich das einfallsloseste, was denjenigen bislang eingefallen ist." Tatsächlich - der alte Mann grinste ein wenig. Ansonsten blieb sein Gesicht während des Gespräches maskenartig und traurig, wie Dago befand.

„Also, schau'n 'se mal. Das ist so…" Drei Stunden später verließen sie das Cafe in der Glashalle, deren Dach die verschiedenen Verwaltungsgebäudeteile zusammenspannte.

Dago wusste nun fast alles über das unterirdische Bunkersystem in Dortmund, seine Ausdehnung, seine Entstehung und seine jetzige Nutzung.
Für Dago waren die Informationen, die er eben erhalten hatte, noch nicht greifbar. Ein riesiges Tunnelsystem unter der Stadt und kaum einer wusste davon – unglaublich.

Höllenfeuer

Der alte Mann durchquerte die Fußgängerzone und schaute sich die Schaufenster der Geschäfte und die Gesichter der Entgegenkommenden an.
Das Wetter hatte sich aufgehellt, es regnete nicht mehr und die Pfützen stoben unter den Füßen der Passanten auseinander.

Er selbst fühlte sich das erste Mal seit langer Zeit wieder gut – die Überstunden mit dem Journalisten hatten sich gelohnt, auch wenn sie sicher nicht im Sinne seines Arbeitgebers und anderer letztgenanntem nahe stehender Kreise - die er nicht kannte, aber fürchtete - waren.

Zwar hatte er es auch heute nicht geschafft, zum Arzt zu kommen, doch genug Hammermedikamente hatte er noch zu Hause.

Er erinnerte sich noch an die unbeschwerte Zeit auf dem Land. Er besaß damals ein kleines Häuschen in einer Siedlung am Dorfrand von Ladbergen, einem beschaulichen Ort zwischen Münster- und Tecklenburger Land, und schmiedete Pläne mit seiner Frau.

Irgendwann ging es los, kurz nachdem die Bautrupps, die den Acker aufgegraben und schnell wieder zugeschüttet hatten, wieder abgezogen waren.
Plötzlich gab es Tage, da brannte seine Haut. In den ersten Jahren nur leicht, dann immer stärker – wie Feuer. In der Wohnung ging es ihm sogar besser, als an der fri-

schen Landluft. Allergien, so hatten sie gesagt, doch die Landärzte konnten nicht helfen. Als nach Jahren der Professor aus Münster Multiple Chemikalienunverträglichkeit, kurz MCS, diagnostizierte, waren er und seine Ehe schon kaputt. Von Umweltgiften, Bromzeugs und Flugbenzin redete der Professor. Unsinn.
Er selber war beim Bürgermeister und beim Landrat gewesen, die ihm Hilfe versprachen – doch dabei blieb es. Er informierte die Presse über seine Erkenntnisse. Er versuchte es sogar bei der Polizei – Fehlanzeige.
Dann kam plötzlich der Mann in Uniform und gab ihm einen neuen Job. Erst in der entlegenen Außenstelle des technischen Hilfswerks in Lengerich, dann musste er zu dieser komischen Behörde nach Dortmund. Ertragen konnte er das Leben eigentlich nur in seinem halbdunklen, fensterlosen Kellerbüro.

Er betrat die U-Bahnhaltestelle Kampstrasse. Er hatte sich auf der Verteilerebene noch – zur Feier des Tages –eine dieser billigen Fehlfarbenzigarren gekauft, aber immerhin, diese würde er sich zu Hause in Ruhe anstecken. Er stand am Bahnsteig und betrachtete die wichtigen Neuigkeiten aus der Welt der Stars, die ihm von der Medialeinwand entgegen flimmerten. Niemand sonst war zu sehen. Dennoch glaubte er Schritte zu hören. Seine Sinne machten wohl inzwischen auch nicht mehr richtig mit. Irgendwann – wahrscheinlich in nicht allzu weiter Ferne - würde er sterben, dann wäre alles vorbei – irgendwie auch ein beruhigender Gedanke. Er dachte an den Journalisten von vorhin. Ein cleverer Kerl. Vielleicht würde der dann mit dem weitermachen, was er immer beginnen wollte, aber nicht mehr schaffen konnte.

Gleich würde er in seine schäbige Wohnung am Kohlehafen gehen, die Zigarre rauchen, sich hinlegen – entweder ins Bett, oder erst in die Badewanne, je nachdem, wie schlimm es wäre – um am nächsten Tag in der Hoffnung aufzuwachen, alles sei nur ein schlimmer Traum gewesen

Die Türen der U-Bahn schlossen sich und der Tunnel schluckte ihn.

Tunnelläufer

Am nächsten Tag zur Redaktionskonferenz wurden die Themen verteilt.
„Und dann haben wir noch die Leiche eines alten Mannes im Kanalhafen", zog der ChefVomDienst-Assistent eine dpa-Meldung aus dem Papierstapel. „Erschossen oder erstochen?" fragte der Programmverantwortliche ihn. „Selbstmord...", entgegnete der Assi. Bastian winkte desinteressiert ab, „...das überlassen wir der Zeitung."

„Dago, für Dich habe ich eine Super-Nummer", grinste er seinen Dienstleister an. „Da bin ich ja mal gespannt...", dem Angesprochenen schwante nichts Gutes.

In der Tat. Dagobert sollte also die x-te Grubenfahrt des Landesvaters während der letzten zwei Monaten filmen. Ausgerechnet. „Hier lässt er sich mit den Kumpels filmen und im Landtag kämpft er für den Subventionsabbau." Während er in Bottrop am Schacht gemeinsam mit einem Rest der dortigen, des pünktlichen Feierabends beraubten, Frühschicht auf die Ankunft des wie immer stark verspäteten Hubschraubers wartete, lass er die Pressemitteilungen der Polizei vom Morgen.
Der Tote im Hafen war denen nur eine kurze Notiz wert, er wusste sofort, um wen es sich handeln musste. „Ich werde die Sache zu Ende führen!" versprach er dem toten städtischen Postmann.

Die Dunkelheit breitete sich endlich über der Stadt aus. Es war trocken geblieben und auf der Brückstraße tobte das wildeste Leben. Prostituierte, Konzerthausbesucher, Drogendealer und Kauflustige bildeten ein scheinbar homogenes Gemenge. Dago schob sich noch den letzten Bissen Döner über die Lippen – scharf, mit Knoblauch und ohne Salat natürlich – und verschwand in der Straßenschlucht zwischen den großen Bankgebäuden der Dresdner und der mittlerweile zur NRW-Bank umgetauften WestLB.

An der Rückseite einer kleineren Bank blieb er vor einer Trafotür stehen und schaute sich ausgiebig um, dann steckte er den Schlüssel, den er gestern im Cafe überreicht bekommen hatte, ins Schloss. Die schwere Stahltür öffnete mit einem Knarzen, das fast wie ein Seufzer aus dem dahinterliegenden Abgrund zurückgeworfen wurde.

Dago ließ seine MagLite aufflammen und leuchtete ins Schwarze, in das zahlreiche in Stein gehauene Stufen führten. Er schloss die Tür und stieg in die Tiefe, aus der ein modriger Geruch zu ihm hochzog. Die Decke war mit kleinen Tropfsteinen behangen – kaum zu glauben, dass er gerade noch auf einer beleuchteten Straße inmitten der Innenstadt gestanden hatte. Auch hier fand er in Frakturschrift gemalte Hinweise auf die ehemalige Bunkernutzung: *Schleuse unbedingt freihalten* verkündete ein gemaltes Blechschild, daneben fanden sich Graffitis vorheriger Bunkerbesucher – offenbar verirrten sich auch gelegentlich Gruppen von Jugendlichen hierhin.

Er verschwendete jedoch nicht viel Zeit auf das Studium dieser Hinterlassenschaften. Sein Gesprächspartner hatte ihn eindringlich vor den Sicherungsmaßnahmen gewarnt, die ungebetene Tunnelbesucher von weitergehenden Exkursionen abhalten sollten. Sobald die Bewegungsmelder, die in den vergangenen Jahren nach Hinweisen auf Partys von Jugendgangs im Bunkersystem installiert wurden, Alarm schlügen, würde ein spezieller Such- und Rettungstrupp in Bewegung gesetzt – und das konnte unangenehm und teuer werden.

Er wusste daher, dass er nach dem Zuschließen der Tür nur dreißig Sekunden Zeit hatte, den Bereich der ehemaligen Luftschutzschleuse zu verlassen und lief zügig um die nächste Ecke, in der Hoffnung, schnell genug gewesen zu sein.

Hier zog er zunächst einmal das Papier aus der Tasche, auf das sie gestern noch eilig den Plan skizziert hatten. Mit Lücken, das wussten sie, aber er wollte dennoch versuchen, sich durchzuschlagen.

Er ging zunächst rechts herum, dann ging es etwa 500 Meter weiter geradeaus durch einen beinahe frisch verputzten Tunnel. Auch die elektrischen Anlagen und Lampen an der Wand, die jetzt außer Betrieb waren, wirkten so neu, wie die im Tunnel von Hörde. Die nachfolgende Abzweigung stellte ihn dann bereits vor ein Rätsel, denn diese konnte er auf seinem Papier nicht finden. Er entschied sich für den linken Weg, fand sich allerdings nach weiteren fünfzig Metern vor einer gemauerten Wand, die jedoch jüngeren Datums sein musste.

Als er sich nochmals über seinen Plan beugte, spürte er plötzlich ein Zittern und das Gepolter eines durchfahrenden Zuges war von der anderen Seite wahrzunehmen. „Das darf nicht wahr sein, beim U-Bahn-Bau haben die den Tunnel verschlossen", dachte er, „hoffentlich ist das nicht bereits die Endstation meines Ausfluges."

Er ging zurück und nahm bangen Herzens den anderen Abzweig, der ihn weiter unter der Stadt durchführte. Ein frischer Windzug machte ihm das Atmen leicht und hier und da konnte er in hohen Schächten über sich den Schein von Straßenlaternen durch Gullideckel oder Lüftungslöcher wahrnehmen. Plötzlich schien auch hier der Tunnel aufzuhören.
Dago leuchtete eine Weile an der Stirnwand umher, bis er das Loch entdeckte, durch den das Rinnsal, das ihn schon eine Weile begleitete, rann. Das Loch war so groß, dass er gebückt gerade mal hindurchwatscheln konnte. Er wollte gar nicht wissen, was durch diesen kleinen Bach floss und wovon eine nicht unbeträchtliche Menge in seinen Schuh schwappte. Er watete gebückt lange Minuten durch diesen Tunnel und wollte schon fast umkehren, als sich dieser nach einer lang gezogenen Biegung wieder erweiterte und die Ausmaße des ursprünglichen Tunnels wieder annahm, nur dass hier die Wände längere Zeit keine Renovierung gesehen hatten.
Ein verschütteter Seitenstollen mit der Aufschrift *Ostbahnhof* bestätigte, dass er gerade anscheinend die Innenstadt in Höhe der S-Bahnlinie verlassen hatte und somit auf dem richtigen Wege war.

Die nächste Tür war stark verrostet, doch schien der Riegel in den letzten Wochen bereits benutzt worden zu sein. Er schob ihn mit viel Kraft zur Seite und öffnete die Tür mit Schwung – und fand sich in einer Tiefgarage wieder. Sein Informant schien Recht gehabt zu haben, er hatte diesen Teil der Karte mit einem Fragezeichen versehen – hier ging es offenbar nicht weiter. Dago lief noch einige Minuten durch die Tiefgarage, in der Hoffnung, den weiteren Weg zu finden – doch er hatte angesichts der vielen Betriebsräume keine Chance, hier einen Ansatzpunkt für den weiteren Weg zu erhalten.

Er verließ die Tiefgarage über das nächste Treppenhaus und wandte sich dem nächsten U-Bahn-Eingang zu, löste ein Ticket und schwang sich in die nächste U41 mit Fahrziel Hörde.

Der U-Bahnhof Wilhelm-van-Vloten-Straße war mit schlichten Betonwänden versehen, einige Stahlgerüste mit Infotafeln zur Geschichte der Stahlgewinnung, die diesen Vorort – früher sogar eine eigenständige Stadt – in der Vergangenheit maßgeblich prägte, waren dort aufgestellt .

Im schwachen Licht der Deckenlampen studierte er die Karte erneut. Hier musste sein neuer Ausgangspunkt liegen. Kaum war das Geräusch der U-Bahn im Tunnel verstummt, klappte er die Absperrung am Ende des Bahnsteiges zur Seite und verschwand über die Notstege im Tunnel, hoffend, dass die Stadtwerker in der Leitstelle angesichts der späten Stunde keinen intensiven Blick auf die Monitore der Kameras in der ohnehin dunklen Station mehr warfen.

Wenige Meter weiter fand er die gesuchte Tür. Hoffentlich passt der Schlüssel, dachte er sich. Tatsächlich war auch diese Tür zu öffnen und so schlüpfte er hinein.

Die MagLite warf ein helles Licht an die Stollenwände. Dago hatte 620 Schritte und eine Tür gezählt, als er sich in einem Treppenhaus wieder fand, dessen Plakate an den Wänden ihm sehr vertraut vorkamen. Geradeaus lag die Tür, durch die er gestern seinem Verfolger entkommen konnte, sogar die Betonabdrücke seiner Schuhe waren noch zu erkennen.

Je weiter er sich durch den Tunnel durcharbeitete, desto zugiger wurde die Luft, die ihm entgegen strömte.

Gleichzeitig nahm jedoch auch der Geruch von kaltem Frittenfett zu, der ihm entgegenschlug. Nach einigen Minuten lief er an mehreren Stapeln Bier- und Colakästen vorbei, alte Kartons häuften sich an der Wand. Er drückte die nur angelehnte Tür vor ihm auf. Der Lichtkegel seine Lampe wurde vom Chrom der Gastronomiekücheneinrichtung zurückgeworfen, offenbar hatten die Gerüche hier ihre Herkunft.

Er durchschritt vorsichtig die Küche und robbte zum Türspalt am anderen Ende, durch den Lichtschein drang. Er lugte vorsichtig durch die Öffnung.

In dem Raum des Kellerrestaurants, in dem auch er ab und zu sein Essen einnahm, sofern er zufällig zu diesen Zeiten nicht unterwegs war, stand nun ein großer runder Holztisch, um den herum zwölf Leute saßen, offenbar hatte das Beisammensein gerade erst begonnen.

„...begrüße ich unseren verehrten Günther Finkelsteyn und seinen Berater Hochwürden Echterloh..." Dago kannte Finkelsteyn zwar nicht, aber Echterloh hatte er schon zwei oder dreimal abdrehen müssen, wegen seiner teilweise dogmatischen und politischen Aussagen zu Zuwanderung und Arbeitslosigkeit in der Öffentlichkeit, die sogar in seiner Kirche teilweise auf harte Kritik stießen und mehr als einmal zu Abberufungsgesprächen geführt haben sollen.

„...was den Toten gestern betrifft, so haben wir das ganze hervorragend bewältigen könne. Wir werden ihm die Tage dann eine Beisetzung als Lieschen Müller in Werl gönnen. Um die Explosion hat sich ohnehin nur so ein Fernsehtyp gekümmert, dem hat einer meiner Leute jedoch klar gemacht, wo es nicht mehr langgeht. Nun gut... Weiterhin hat ein Bauteam auf der Faßstraße bei Verfüllungsarbeiten an der Burg unseren Bunker getroffen und reichlich Zement reingepumpt, wir haben das aber ebenfalls beibiegen können. Was gibt's bei dir, Egon?"

„Tja, wir hatten ebenfalls einen ungebetenen Gast in der Anlage Emscherstollen, der Penner ist uns aber entwischt, wir haben aber sein Kennzeichen, das Auto wurde dann irgendwann von einem anderen Typ abgeholt."

„Bei uns hat heute auch so ein Pressefuzzi Wind gemacht und sich über alte Stollenanlagen informieren wollen, wir haben ihn aber gegen die Wand laufen lassen, vielleicht war das ja der gleiche?"
Gemurmel wurde laut.

Finkelsteyn winkte gelassen ab: „Meine Abteilung wird sich um das Problem kümmern, kein Grund zur Sorge. Holt noch mal jemand eine Runde?"

Das war das Signal für seinen schnellen Aufbruch. Dago sprang durch die Nische in den Nebenraum und öffnete die Tür des Notausganges. Er eilte einige Schritte empor und fand sich auf dem Hinterhof des Stiftsforums wieder, in dem er sonst arbeitete. Die Tür hinter ihm fiel mit einem lauten Krachen ins Schloss und Dago lief, was er konnte. Eins war jedenfalls klar, sein Essen würde er so schnell nicht wieder in dieser ansonsten recht sympathischen Kellergastronomie einnehmen.

Sonst war es ihm ja egal, aber heute Abend nervten ihn die langen Taktzeiten der U-Bahn zu dieser Zeit. In Erwartung reduzierter Bundeszuschüsse zum Nahverkehr hatten die Stadtwerke schon mal die Linien ausgedünnt.

Als er eine halbe Stunde später im Neuen Graben ankam, fiel ihm sofort der dunkle Jeep auf, der gegenüber dem Hauseingang parkte. Er hatte jedenfalls keinen näheren

Gesprächsbedarf mit den beiden bulligen Typen im Fahrzeug, die offensichtlich den zu seiner Wohnung gehörenden Hauseingang bewachten.

Hinter den gardinenlosen Scheiben seiner Wohnung blitzte hin und wieder das Licht einer Taschenlampe auf.

Sein Weg führte ihn daher zunächst in seine Stammkneipe *Bürgermeister*, von der er wusste, dass es auch zu später Stunde noch gut gezapftes Bier und ein Convenience-Food-Großversorger-Salamisandwich für ihn geben würde.

Hochwürden

Zwei Telefonate - das erste zur Polizei, der er den gerade laufenden Einbruch in seine Wohnung meldete und das zweite zu seinem Chef - und zwei Bier später betrat endlich der zuletzt Angerufene den Schankraum.

„Ich brauche deinen Wagen", offenbarte Dago ihm zuerst, doch so einfach ließ sich sein Chef den nagelneuen Jaguar X-Type nicht abschwatzen – schließlich war Dago als notorischer Autovernichter in der Redaktion bekannt.
„Also erzähl erst!", befahl Calla.
„...die kennen also meinen Wagen", schloss Dagobert. Die Schilderung erhöhte bei Calla zwar nicht gerade die Bereitschaft, ihm den Wagen zu überlassen, weckte jedoch ein gewisses Verständnis für die Dringlichkeit der Situation. Also schob er schweren Herzens und mit ein wenig Wehmut den Autoschlüssel über den Tresen und murmelte: „Wenn ich helfen kann, ruf an." Dago wusste, dass dieses Angebot ernst gemeint war.

„Kannst mein Auto nehmen, steht vor meiner Tür", schlug der Arbeitnehmer vor. „Wie, den verrauchten Minisalamiexpress? Nix da, eher fahr ich die nächsten Tage Taxi!" entgegnete sein Brötchengeber.

Am nächsten Tag - die letzen Stunden der Nacht hatte er mit starkem Cafe zuerst als letzter Gast, dann als letzter überhaupt in der Kneipe verbracht - wurde er von den morgendlichen Sonnenstrahlen wach, die ihn durch die Glasfront beschienen. Er zog die Kneipentür zu und warf den Schlüssel vereinbarungsgemäß in den Briefkasten neben der Tür.

Dann stieg er in den Wagen und manövrierte das Auto durch den beginnenden Berufsverkehr über die B1. Direkt zu Beginn der A44 am Autobahnkreuz Unna Ost stand er das erste Mal im Stau. So ging es dann weiter und er brauchte beinahe drei Stunden, bis er in Paderborn ankam. Alles in dieser Stadt wirkte auf ihn stets streng katholisch, das Stadtbild, die Menschen und sogar der letzte Sexshop hinter der Autobahnabfahrt.

Er bog von der Schnellstraße auf eine kleine Nebenstraße ein, die sich längs der Pader entlang zieht. Nach einigen Minuten hatte er das Generalvikariat der Kirche am Domplatz erreicht, ein Bau, der ihn eher an ein Schulinternat erinnerte. Dort hatte also Hochwürden Echterloh seinen Dienstsitz. Er betrat das Gebäude, das von innen schon eher einen Eindruck von den Reichtümern erweckte, auf denen die Kirche sitzt.

„Wen darf ich melden?", fragte die Frau an der Empfangsloge. „Ähm, ich müsste mal eben aufs Klo", versuchte Dago den alten Trick zu recyceln. Weit gefehlt. Voll christlicher Nächstenliebe bedeutete ihn die Schreckschraube an der Loge, er möge doch die öffentlichen Toiletten außerhalb benutzen. Wieder draußen nahm sich Dago vor, unbedingt daran zu denken, aus dieser Kirche auszutreten, die ihn für die hohe Kirchensteuer, die er stets gewissenhaft bezahlte, nicht mal aufs kircheneigene Örtchen ließ.

Er ließ die im Stau angetrunkenen Cola-Reste also notgedrungen an die Seitenmauer des abweisenden Gebäudes prasseln, fühlte sich nach diesem demonstrativen Akt gleich zweifach erleichtert und setzte sich in sein Auto, um den klerikalen Parkplatz zu bewachen. Er war dankbar über die in den Luxuswagen integrierte Klimaanlage, die halbwegs kühle Luft ins Wageninnere blies. Leider hatte er weder was zu lesen dabei, noch traute er sich, in dem Wagen des Chefs zu rauchen – also blieb ihm zum Zeitvertreib nichts anderes übrig, als die Menschen zu betrachten, die sich auf dem Vorplatz bewegten – von luftig gekleideten Studentinnen bis hin zu schwarz verhüllten Gottesdienern.

Trotz aller dargebotenen Abwechslung war er froh, dass es nicht allzu lange dauerte, bis Echterloh schnellen Schrittes im schwarzen Anzug über den Parkplatz eilte und in seinen nagelneuen Audi A8 sprang. „Der Herr gibt's den seinen", dachte Dago.

Dago freute sich, dass er das schnelle Auto von Calla lenkte, denn mit seinem Skoda Diesel hätte er gegen den rasenden Kirchenmann in seiner schnellen Karosse keine Chance gehabt.
Von der Autobahn ging es an der Abfahrt *Hövelhof* über einen Zubringer direkt ins Gewerbegebiet Paderborn Nord. Hier, zwischen Autolackierereien, Speditionsunternehmen, Textilzwischenhändlern und Frittenbuden für die immer weniger werdenden Angestellten bog der Audi ab, holperte über den unbeschrankten Bahnüber-

gang einer Eisenbahnlinie und fuhr durch ein sich gerade öffnendes Tor auf ein schmuckes Gebäude zu, das inmitten dieser maroden Gegend nicht zu erwarten war.

Mehr konnte Dago auch nicht erkennen, da sich das Tor schnell wieder schloss und ihm nichts anderes übrig blieb, als das Grundstück im Schritttempo zu passieren. Einige Meter weiter ließ Dago den Jaguar ausrollen und lenkte das Edelgefährt hinter die Rückfront von *Curry-Carl's mobiler Feinschmecker-Ranch*. Der rastende Reporter ließ sich von seiner Umgebung gerne inspirieren. „Ne C-Wurst, ne Pommes-Schranke und ne Fricke", orderte er eine Mahlzeit. Carl, oder wie immer der Frittenmann hieß, schaute ihn fragend an. „Na, eine Currywurst, gebackene Kartoffelstangen und eine Bulette mit Senf", dolmetschte er seine eigenen Worte.
Nach Erhalt des Snacks tigerte er mit der Schale in der Hand durch die Gegend, um sein Zielobjekt näher zu betrachten.

An drei Seiten war das Gelände von hohen Mauern umstellt, auf deren Schnittkanten jeweils Kameras befestigt waren. Die vierte Seite lag direkt zur Gleisharfe des kleinen Güterbahnhofs, zu der sich die Schienen am eben überquerten Bahnübergang auffächerten. Auf dieser Seite lag die Rückfront einer Lagerhalle, deren Laderampe ein direktes Beladen der Züge ermöglichte. Doch auch hier wachten zwei, sich gegenüberliegend am Dach der Verladerampe angebrachte, Kameras über das Areal.

Durch die Lücken rechts und links der Halle konnte man durch einen hohen Metallgitterzaun wenigstens einen kleinen Blick auf die Anlage werfen.
Dago entdeckte dort einige kleinere, offenbar zur Verladung bestimmte Metallcontainer. Weiterhin konnte er mehrere Geländefahrzeuge dort erkennen, die meisten im schönsten Bundeswehrolivgrün, die anderen in glänzendem Schwarz.

Als er sich gerade abwenden wollte, um am Eingang wieder auf Hochwürden zu warten, veranlasste ihn das Leuten eines Zuges in geringer Entfernung, noch auszuharren.

Er stellte sich kauend an den Bahnübergang und wartete die Ankunft des Zuges ab. Kurz vor dem Bahnübergang stoppte der Zug, der Fahrer stieg ab und veranlasste mittels eines Schlüssels, den er in den einen Kasten am Übergang steckte, das Schließen der Schranke. Gleichzeitig hörte Dago das Umlaufen einiger Weichen. Der Fahrer stieg nicht wieder ein, sondern lief vor dem Zug her.
Dieser setzte sich langsam in Bewegung und folgte dem Fahrer, der die ganze Zeit auf seiner Fernbedienung vor dem Bauch herumtippte.

Der blau lackierten Lok mit dem Kürzel *TWG* an der Stirnseite folgten drei Kesselwagen zum Transport von Flüssigkeiten und drei leeren Containerwagen. Die sechs Waggons kamen genau vor der Laderampe zum Stehen.

In diesem Moment öffneten sich die Rolltore und spuckten eine Mannschaft von sechs Leuten aus der Halle. Eiligst wurden Schläuche an die Kesselwagen angeschlossen. Über große, flache Gabelstapler wurden die Container, die Dago vorher auf dem Gelände gesehen hatte, auf die leeren Wagen gesetzt. All das dauerte nur wenige Minuten.

Dago huschte geduckt auf der der Halle abgewandten Seite über den Schotter an den Wagons entlang, bis er am ersten Container angekommen war. Die Container waren allesamt mittels Sprühschablone mit dem Schriftzug *Thule Bauges.* versehen worden. Auf der Seite des ersten Containers waren Frachtpapiere mit Stempel der Eisenbahngesellschaft und dem Empfänger *Thule Kommunikationssysteme, Brochterbeck* angebracht. Dago riss den Zettel aus der Halterung und stopfte ihn geschwind in seine Jackentasche und lief geduckt zurück.

Dem Lokführer, der gerade mit einer Schale Pommes-Currywurst zurückkam und ihn misstrauisch anblickte, warf er ein gekonntes „Mahlzeit" zu. Er umkurvte den Phosphatstangentempel, warf die Pappe mit den Soßenresten in einen bereitstehenden Mayonnaiseeimer und sich selbst in den Jaguar und sah zu, dass er Land gewann.

Nach mehreren vergeblichen Versuchen, dass umfangreiche Navi-System während der Fahrt zu bedienen, steuerte er zunächst den Rasthof *Wewelsburg-Nord* auf der A44 an. Er durchwühlte das Handschuhfach und wurde fündig. Mittels der Straßenkarte gelang es ihm nach einiger Zeit endlich, den Ort Brochterbeck zu finden, ein kleines Kaff in der Nähe des Flughafens Münster-Osnabrück, unweit von Tecklenburg.

Nun musste er nur noch Infos über diese seltsame Firma herausfinden. Er klingelte das Redaktionssekretariat an und bat die nervöse Sekretärin, ihm bitte zum einen die Adresse und zum anderen Infos über die Firma herauszusuchen – „und zwar pronto." Als er nach zwanzig Minuten immer noch keine Infos erhalten hatte, beschied ihm die Mitarbeiterin auf erneute Anfrage, man habe die Firma weder im Internet noch in irgendwelchen sonstigen Datenbanken finden können - es sei denn, es handele sich um einen Hersteller von Dachgepäckträgern - und auch die Recherche im Telefonbuch online und mittels Klixtel hätten keine Auskünfte ergeben.

Die Praktikantin prüfe gerade noch die Handelsregister, aber wo bitteschön läge denn Brochterbeck. „Gleich neben Tecklenburg, das weiß doch jedes Kind", bellte Dago in den Hörer, „Frag Google - ist ein Geheimtipp von mir." fügte er hinzu und drückte so fest auf die Auflegen-Taste, dass sein Finger gefährlich weiß wurde.

Ungnädig

Echterloh verließ das Gebäude. Er war aufgebracht. Erst zitierten ihn diese Penner in dieses abgewrackte Industriegebiet und dann hatten sie – ein paar bornierte Glatzköpfe - noch die Stirn, ihm Forderungen zu stellen.

Er mochte dieses dumpfe Fußvolk nicht. Okay, die *Hohen Herren* waren auch oft genug impulsiv - und richtig ernst genommen fühlte er sich von denen auch nicht, aber das war wenigstens ein anderes Niveau.

Er selbst war ein schnell zu verunsichernder Mensch. Vielleicht war er deshalb auch so wankelmütig. Alle beruflichen Wechsel, die er bislang hinter sich gebracht hatte, waren entstanden, weil er Widerständen ausgewichen war. Das hatte ihn zwar aus Köln in das entfernte Paderborn getrieben, aber bislang war er dabei stets gut weggekommen. Denn er war aufgrund seiner Konfrontationsscheue sehr anpassungsfähig. Entweder er wechselte seinen Job oder seine Auffassung. Er war sehr belesen und wusste viel, ohne jedoch besonders intelligent zu sein.

Er fragte sich, ob er sich *jenen* vielleicht auch zu leichtfertig ausgeliefert hatte. Aber das waren doch Freunde. Schließlich hatten sie ihm auch geholfen – schon oft. Und das, was er ihnen zurückgeben konnte, waren dagegen nur Kleinigkeiten.

Aber das änderte nichts daran, dass er mit den Glatzköpfen nicht mehr verhandeln wollte. Sogar verhöhnt hatten sie ihn. Irgendwas von Kampf hatten sie gesagt - er würde den General mal danach fragen. Ach was, er würde mal auf den Tisch hauen. Er würde ihn zur Rede stellen. Schließlich war er wer.

Eine Spur zufriedener stieg er hinters Steuer und eilte seinen höheren Aufgaben entgegen.

Unfall

Bereits am Autobahnkreuz Unna entdeckte er den schwarzen Geländewagen mit dem schweren Kuhfänger in seinem Rückspiegel, der alle seine Manöver nachvollzog. „Warte, Bürschchen", murmelte er und gab reichlich Gas und freute sich über die Kraft „seines" Jaguars.
Doch hinter der Abfahrt Ascheberg staute sich der Verkehr mal wieder.
Der Sommer hatte den Asphalt der gerade neuen Fahrbahndecke in der letzten Woche wieder zum Tauen gebracht, so dass die Pendler sich nicht großartig an einen neuen Verkehrszustand auf dieser Strecke gewöhnen mussten. Zwar hatte nun wieder ein leichter Nieselregen eingesetzt, doch dieses verstärkte den Effekt der mittlerweile eingefahrenen Spurrillen noch.

Er zuckelte hinter dem LKW auf der rechten Spur hinterher, seine Finger trommelten nervös auf das Lenkrad, und er überlegte, ob er sich doch trotz der baustellenbedingten Geschwindigkeitsbeschränkung auf 60 km/h mit dem Jaguar auf die Zwei-Meter-Spur links neben ihm zwängen sollte.
Und da sah er ihn wieder. Der Geländewagenfahrer bewies mehr Mut und preschte über die linke Fahrbahn heran. „Sicher Zufall", dachte der Reporter noch, als er plötzlich von der Seite einen Schlag verspürte, einige Begrenzungsbaken umsäbelte und der Teermaschine bedrohlich nahe rückte. Danach sah er erst mal nichts mehr.

Als er die Augen wieder öffnete, blendete ihn helles Neonlicht. „Hallo, wie ist Ihr Name?", fragte eine sanfte Stimme.

„Dagobert."

„Ne, is' klar...", entgegnete die Stimme.

„Ja, Dagobert Westphalen – und ihrer?"

„Ich bin Schwester Dunja", erwiderte die Stimme, „wissen sie, welcher Wochentag heute ist?"

„Bekomme wenigstens was für die richtige Antwort?", konterte er, die Fragerei ging ihm schon nach zwei Sätzen gewaltig auf die Nerven, doch das Mädchen sah, soweit er das mit verschwommenem Blick wahrnehmen konnte, nett aus.

„Na da bringen wir sie wohl mal auf die Station", hörte er noch die etwas genervte Stimme Dunjas, dann nickte er wieder ein.

Als er wieder wach wurde und die Augen aufschlug, saß Calla neben ihm. „Du Penner hast meinen Jaguar kaputt gemacht!", empfing dieser ihn wieder in der Welt der Lebenden.

Nach zwei Gläsern Mineralwasser war Dago wieder so weit, dass er die Worte seines Chefs verarbeiten konnte, die offenbar schon seit einiger Zeit an ihm vorbei plätscherten. „...und der Typ, der Dich getroffen hat, war so ein Geländefahrzeugfreak. Er hatte aber nicht so viel Glück wie du. Er liegt hier noch auf Intensiv und ich behaupte, dass du Dich beeilen musst, wenn du Ihn dir noch vorknöpfen willst.

Also, er hat Dich beim Einscheren wohl touchiert, so die Aussage des LKW-Fahrers hinter dir, hat dann aber beim

Abbremsen eben diesen LKW nicht beachtet und ist und dann zwischen ihn und die Betonabtrennung geraten. Wagen und Insasse sind beinahe hin. du hast nur die Teermaschine angeschubst und etwas verbogen. Und meinen Wagen auch. Dank der Aussage des Brummi-Fahrers ist die Schuldfrage aber klar. Von daher werde ich dir dieses Mal noch verzeihen – die Lackierung war eh nicht so mein Ding."

Am nächsten Morgen wurde Dago sanft von den Sonnenstrahlen geweckt, die durch die nachlässig zugezogenen Vorhänge über sein Gesicht tasteten. Dago verbrachte nur wenig Zeit damit, sich über das gute Frühstück zu wundern. Er wusste mittlerweile, dass er in der Uniklinik Münster lag.
In Anbetracht von zwei lädierte Rippen, einer angeknacksten Nase und eines leichten Schleudertraumas wollte man ihn noch unter Beobachtung behalten.

Gegen zehn Uhr rief Tine an. „Na, ich habe gehört, du liegst im Krankenhaus. Wie geht's dir denn?", erkundigte sie sich halbherzig nach seinem Gesundheitszustand. „Och, ausgezeichnet. Hab eine nette Schwester zur Betreuung hier. Aber reden wir doch mal über Dich. Hast du Dich schon erfolgreich ins Volontariat befördern lassen?"
„Ach Dago, hör schon auf. Basti ist ein Arsch. Wir waren nur einmal in der Kiste, aber da ist sonst nichts. Soll ich Dich nicht besuchen kommen? Ich hätte da eine geeignete Therapie", regte Tine an. „Wenn nichts anderes hilft, komme ich gerne darauf zurück", antwortete Dago her-

ablassend. „Meine Telefonkarte ist fast leer", schwindelte er und zog das Plastikkärtchen aus dem Telefonapparat, der daraufhin noch ein kurzes, verzweifeltes Piepen von sich gab. „Tüüüüt", imitierte er zufrieden und legte auf.

Eine Stunde später klingelte das Telefon erneut. „Seelsorge für einsame Herzen", flötete der Kranke in den Hörer. Stille. „Halts Maul. Das ist die letzte Warnung. Wenn du nicht am nächsten Brückenfeiler verrecken willst, hau ab. Und lass uns in Ruhe." sagte eine metallisch verzerrte Männerstimme. „Wer bist denn du, Feigling?", entgegnete Dago - eine Frage, die sein Gesprächspartner jedoch offen ließ, indem er einhängte.

Wenn auch der zweite Anruf eigentlich nicht angetan war, seine Stimmung zu verbessern, so weckte er jedoch wieder das Jagdfieber in ihm und die Überlegung, einen verlängerten Urlaub im Hospital zu nehmen, trat in den Hintergrund. Aufgrund des penetranten Siemens-Hicom-Klingeltones beim Anruf schloss er zudem darauf, dass der Anruf eben direkt aus diesem Krankenhaus erfolgt sein müsse.

Er schlug die Lokalzeitung auf, die der *Guten-Morgen-Service* des Krankenhauses für alle Privatpatienten und Besserversorgte hinterließ und suchte nach einer Schlagzeile bezüglich eines Unfalls auf der Autobahn. Und tatsächlich wurde er auf den Lokalseiten fündig:

Tödlicher Unfall auf der Autobahn A1

Am Nachmittag ereignete sich gestern im Baustellenbereich zwischen Ascheberg und Münster Süd in Höhe der Raststätte Erlenbruch ein folgenschwerer Unfall. Der Fahrer eines Geländewagens kam aus noch ungeklärter Ursache von der Überholspur ab und drängte ein weiteres Fahrzeug ab.
Dieses stieß frontal mit einem Baufahrzeug zusammen. Der Fahrer des Geländewagens wurde daraufhin von einem polnischen LKW vor den Brückenpfeiler einer Fußgängerbrücke gedrückt. Die Polizei geht zunächst von überhöhter Geschwindigkeit bei rutschiger Fahrbahn aus.
Beide Fahrzeuglenker wurden nach Münster in die Uniklinik gebracht, wo der mutmaßliche Unfallverursacher jedoch in den Abendstunden starb. Nach uns vorliegenden Informationen handelt es ich bei dem Lenker des Unfallwagens um den Vorsitzenden des Landesverbandes der Nationalen Alternative NRW, der gerade auf dem Weg zu dem Burschenschaftsconvent in Münster am kommenden Wochenende unterwegs war, wo er auch als Redner auftreten sollte. Die Veranstaltung findet nach Angaben der Ausrichter wie geplant statt.

Am Samstagmorgen zog sich ein gut erholter Dago an, um einen ersten Spaziergang zu unternehmen – bei der Schwester verabschiedete er sich zur Zigarettenpause im Klinikpark.
Auf der nächsten Station klaubte er sich einen Ärztekittel vom Garderobenhaken und verließ die Klinik durch den Hinterausgang.

Münster wurde seinem Ruf als Fahrradstadt äußerst gerecht: Schon das dritte Fahrrad, das er sich besah, war nicht abgeschlossen. Er wischte den Sattel mit seinem

Ärmel trocken und radelte zum nahen Veranstaltungsort des Convents in der Himmelssegenstrasse.

Die Übelkeit, die in ihm aufzog hatte seine Ursachen mitnichten in seinem Gesundheitszustand, vielmehr bereiteten ihm solcherart, wie die dort anwesenden, Leute immer ein flaues Gefühl im Magen, das mit Kontraktionsbemühungen desselben einhergingen.

„Zunächst, liebe Kameraden, legen wir eine Trauerminute für unseren Kameraden Heino Peye ein, der vor drei Tagen bei einem Einsatz auf der A1 durch einen polnischen LKW-Fahrer aus seinem Leben gerissen wurde. Heino war ein aufrechter Kamerad, dem wir nun die letzte Ehre erweisen werden", sagte einer der Männer, den Dago als einen der Teilnehmer der vorgestrigen Bunkerrunde identifizierte.

Obwohl es seinem Magen wahrlich nicht besser ging, hielt er die gesamte halbe Stunde Gesülze aus. Als sich dann der Wortführer gemeinsam mit zwei weiteren Kurzhaupthaarträgern mit Schlips verabschiedete, folgte Dago ihnen.
Sie überquerten den Platz gegenüber dem Veranstaltungsgelände und gingen in das historische Gasthaus am anderen Ende.

Der Verfolger sah sie noch die Treppe hinuntergehen. „Entweder die gehen gemeinsam pinkeln, oder da unten gibt's noch mehr von denen", dachte er sich. Er schlich ihnen hinterher und landete beinahe inmitten der vermuteten Zusammenrottung. Schnell bog er um die Ecke und verschwand hinter der – ebenfalls vermuteten - WC-Tür.

Nachdem er diese Gelegenheit dankbar genutzt hatte, lugte er um die Ecke, der ihm inzwischen bekannte Wortführer hatte bereits wieder das Wort ergriffen.
Offenbar war dieses ein ausgesuchter Kreis an Leuten, denn der Leithammel zog offenbar gerade über Hochwürden und dessen Kreise her: „…und wenn Teile unseres Bundes meinen, die Kirche und deren Wirken über unsere gemeinsame Idee setzen zu können, so akzeptieren wir das im Moment nur deshalb – und ich betone ‚im Moment' – weil diese Herren aus Paderborn, Münster und wasweißichwoher, im Moment das Geld und die Leute bringen. Sollten unsere Pläne in der nächsten Zeit aufgehen, und das wird – bei Thor – in Kürze sein, brauchen wir diese Idioten nicht mehr. Dann werden wir sie zurücktreiben in ihren Dom und uns überlegen, ob wir ihn anstecken oder sie aushungern…."

Plötzlich vernahm Dago Schritte, die die Treppen herunter schallten. Er verzog sich wieder aufs Örtchen, doch diesmal wurde es hier belebter.

Das typische Toilettengespräch, dem er nun beiwohnte, hatte gerade für ihn interessante Infos zu bieten: „Sieh zu, dass du den Schnüffler aus dem Krankenhaus erledigst! Aber so, dass kein Verdacht auf uns fällt. Und versag nicht, so wie Heino."

Von nun an hatte es Dago recht eilig, die Gaststätte zu verlassen. Er hatte gerade die Altstadt erstrampelt, als er einen Tabakwarenladen ausmachte, der mit Pfeifen, Zigarren und einem eigenen Cafe aufwarten konnte. „So eilig kann's nach der Aufregung gar nicht sein", dachte er bei sich und betrat das Geschäft. Er versorgte sich mit einer 20er-Packung „La Libertad", seiner Standard-Zigarrenmarke.

Damit war besiegelt, dass er die Hilfe seines Chefs recht bald in Anspruch nehmen musste, denn Geld hatte er nun keines mehr. Dennoch glücklich ob seiner Errungenschaften zur persönlichen Grundversorgung ging er weiter, betrat das Krankenhaus auf dem gleichen Wege, auf dem er es verlassen hatte, nahm seine Sachen an sich und entließ sich unter Protest des behandelnden Personals umgehend selbst, allerdings, seiner Sicherheit wegen, wieder durch den Hinterausgang und mit weißem Kittel.

Dago klemmte sich auf den Beifahrersitz und mit dem herbeigerufenen Calla drehten sie einige Runden im neuen Jaguar, den die Herstellerfirma als Ersatz unverzüglich zur Verfügung gestellt hatte, durch die zahlreichen Einbahnstraßen der City von Münster, um dann in die Fußgängerzone einzubiegen, die lediglich durch Liefer- und Busverkehre zu befahren war. Falls er einen Verfolger haben sollte, der keinen Linienbus fuhr, so sollte ihm das nun auffallen.
Erleichtert bemerkte er, dass eben jenes nicht der Fall war.

„Die Bahn kommt. Ganz bestimmt!" Den kurz protestierenden Chef schmiss er am Bahnhof raus. Dieser schlug demonstrativ die Hände vor sein Gesicht, als Dago mit quietschenden Reifen und breitem Grinsen davonraste.

Direkt hinter Münster wurde es stark ländlich, er kam zügig nach Greven durch. Hier war das Wetter schlagartig besser.

Beinahe wäre Urlaubsstimmung in ihm aufgekeimt, als das Telefon klingelte. Insgeheim hoffte er, es möge Tine sein, die er – wie er sich eingestehen musste – seit ihrem Anruf wenigstens etwas vermisste. „Ach du bist es, Chef", murmelte er enttäuscht ins Handy, „falls Dich der Zustand Deines Wagens interessiert: Er lebt noch."

Er schwang sich wieder ins Auto, touchierte den Ortskern, und fuhr dann wenig später wieder auf die Bundesautobahn.

Der General

Eigentlich hasste er das Fliegen. In wenigen Minuten würde er sich in die Chartermaschine begeben, die ihn von Tempelhof nach Münster-Osnabrück bringen sollte. Aber das Treffen in Berlin hatte sich gelohnt.
Er hatte hart kämpfen müssen, doch schlussendlich hatte er sie wieder alle auf Linie gebracht. So kurz vor dem großen Wurf wollten sich die Ossis doch tatsächlich mit ihrer eigenen Nummer verabschieden, doch da hatten sie sich in ihm und seinen Kameraden getäuscht.
Seine Verbindungen waren wohl doch stärker, als ihre Seilschaften – und sie reichten direkt bis in die neuen Prunkbauten der von ihm so verhassten Regierung am Spreeufer.

Er war schließlich ein echter *von Hammerschlag* und keine Witzfigur, wie ihn die Emporkömmlinge hinstellen wollten.
Als langgedienter Soldat hatte er schließlich Durchsetzungsvermögen und bezüglich politischer Taktiereien hatte er im Laufe seines Lebens auch viele Erfahrungen gewinnen können. Und das war bislang doch im Großen und Ganzen ganz gut für ihn gelaufen:

Zunächst hatte er sich auf Anraten seiner Eltern bei der Bundeswehr verdingt, die meinten, ein wenig Drill würde dem Jungen gut tun. Er war sehr streberhaft und gab viel auf die preußischen Werte, die ihm seine Eltern mit auf den Weg gegeben hatten. Dies und seine schnelle Auffassungsgabe machten ihn zum Liebling seiner Aus-

bilder und so gelangte er schnell raus aus der stickigen Kaserne in Lengerich zu den Pionieren. Während seiner Zeit in Speyer lernte er neben seinen Kameraden und später seinen Untergebenen von der Pipelinetruppe auch einen eigentümlichen Zirkel von jungen Führungskadern kennen, die bis spät in die Nacht zusammen saßen und bei reichlich Bier viele dementsprechende Ideen sponnen. Sie waren echte Kameraden und sie hielten zusammen – und das war bis zum heutigen Tage so geblieben.
Ihre gemeinsame Idee von einem erwachenden Deutschland, ihrem gemeinsamen Vaterland, machte sie stark und später merkte er, dass es außer in Speyer noch viele ähnliche Kreise gab, in denen genau so gedacht wurde.
Er machte sich gut – jedenfalls aus der Sicht seiner Mitstreiter. Er war bereits als Heranwachsender vom Ehrgeiz getrieben, stets strebte er weiter nach oben.

Er holte irgendwann in Hamburg an der BW-Uni sein Diplom nach und war dann als Koordinator bei der C.E.P.M.A.-Truppe der NATO in Versailles gelandet. Er biss die Zähne zusammen und sich durch und erhielt seinen Stern, indem er bereits mit 44 Jahren zum Brigadegeneral befördert wurde. Seitdem nannten sie ihn in seinen Kreisen *den General*, auch wenn die weiteren Sterne für ihn unerreichbar blieben. Aber das störte nur hier und da sein eigenes Ego. Für seine Außenwelt war er *der General* und das schmeichelte ihm.

Doch irgendwann sank sein Stern in der Armee. Seine Publikationen, erst die aufwiegelnden in den Truppenpamphleten, dann die pseudowissenschaftlichen in nationalen Rechtsaußenblättern waren selbst für die Bundeswehr nicht mehr tragbar.

Aber er konnte sich auf seine Freunde verlassen. Und sie sich auf ihn. Der General würde es ihnen zeigen – bald schon.

Tränen der Rührung schossen in seine Augen.

Tecklenburger Land

Auf der Autobahn staute sich der Verkehr in einer Baustelle kurz hinter Ladbergen. Die Bahn wurde hier tagsüber auf einen Fahrstreifen reduziert und nachts komplett gesperrt, wie Dago während seiner Wartezeit ausgiebig auf einem Hinweisschild studieren konnte.

Plötzlich glaubte er, durch all die Thules bereits signifikant geschädigt zu sein, doch tatsächlich erblickte er auf der Fahrbahnseite gegenüber seinen Baucontainer, der in gelber Schrift auf schwarzem Grund jene fünf Großbuchstaben direkt auf seine Netzhaut projizierte.

Endlich ging es weiter. Nach nur weiteren fünfzehn Minuten Fahrt und einer nicht geringen Menge an Adrenalinausstoß, bedingt durch vor ihm die Serpentinen befahrende vorfeierabendlichen Kommunalfahrzeuge, erreichte Dago den zentralen Parkplatz von Tecklenburg neben dem Rathaus.

Er parkte den Leihwagen hinter den Reisebussen und folgte per pedes den Schildern Richtung Ortsmitte. Nachdem er einige kopfsteingepflasterte Gassen durchquert hatte, hatte er den malerischen Ortskern erreicht. Kleine Cafés hatten auf den Gassen der Fußgängerzone zwischen den alten Gebäuden Tische und Stühle aufgebaut. Lediglich das Fachwerk der Gebäude zerstörte die Illusion eines lauen Mittelmeernachmittages.

Das *Hotel Kronenburg* erschien ihm einladend, er enterte die Lobby – eigentlich eher ein kleiner dunkler Raum mit ebenso dunkler Einrichtung – und brauchte beinahe eine Minute, um sich an das Dämmerlicht zu gewöhnen. Langsam nahm auch die Frau hinter dem Tresen Konturen an. „Hallo, ich hätte gerne ein Zimmer", erbat Dago über den Tresen.

„Wir haben davon so viele, dass wir die sogar vermieten", grinste ihn eine nette junge Hotelfachfrau an, „wie lange möchten sie denn bleiben?" Diese Rückfrage nach der geplanten Verweildauer warf ihn etwas aus der Bahn. Wie lange würde er wohl hier bleiben müssen? „Erst mal bis morgen", entschied er.

Sein Gepäck wurde Dago erst noch kaufen müssen. Nachdem er ein Paket Feinripp-Unterwäsche, ein Fünfer-Pack T-Shirts und ein Kombipack *Zahnbürste plus Creme* erworben hatte, setzte er sich zunächst in ein Cafe, bestellte sich einen Latte Macchiato, rührte reichlich Zucker hinein und fand das Getränk eigentlich genauso langweilig, wie sonst auch immer. Dann probierte seine am Vormittag erworbene Pfeife aus, die hingegen erwartungsgemäß gut schmeckte.

Eine Stunde später hatte er ernsthaft mit seiner Müdigkeit und dem Einfall zu kämpfen, direkt ins Hotel zurückzukehren, jedoch wollte er immerhin noch herausfinden, ob er die ominöse Firma in Brochterbeck finden konnte, die zumindest für seine Redaktion unauffindbar gewesen war.

Auf den geschwungenen Straßen durch die Mittelgebirgsausläufer machte es ihm Spaß, dem Jaguar ordentlich Stoff zu geben. Nachdem er das Ortschild *Brochterbeck* passiert, gelangte er direkt in den verträumten, staatlich anerkannten, Erholungsort. Er passierte den Mühlenteich und schon war er bereits am anderen Ende des bebauten Gebietes angelangt. Er parkte seinen Wagen vor der zweiten Kirche im Ort. Er stieg aus und erkundigte sich bei einem Fußgänger, der offenbar der durch Glockenläuten angekündigten Messe der anderen Kirche entgegen strebte, nach einer gewissen Firma Thule, was mit misstrauischem Blick und Kopfschütteln quittiert wurde. Während er durch den Ortskern streifte, befragte er weitere Passanten – das ganze Dorf schien auf den Beinen zu sein – mit gleichem Resultat. Entdecken konnte er ebenfalls nichts, der Ortskern schien ihm auch zu privat, um irgendwelche geheimen Machenschaften beherbergen zu können, darum entschied er sich, noch ein wenig das Umland zu erkunden.

Ein Tal mit sanften Anhöhen tat sich überraschend vor ihm auf, das von einem Hotel mit bepflanzten Balkonen bewacht wurde, das über dem Tal thronte, so dass er sich unwillkürlich in die Alpenregion versetzt sah. Er hoppelte über die Gleise einer Bahnlinie und war nun schon wieder der Zivilisation entschwunden, ohne überhaupt die Chance gehabt zu haben, irgendetwas, geschweige denn eine Fabrik, zu entdecken.

Nichts. Eine gute Stunde kurvte Dago durch die Gegend, bis er sich – eher als Akt der Verzweiflung - vornahm, sich die Gebäude an der Bahnlinie noch mal vorzunehmen.

Also kurvte er dem Weg zurück und bog hinter dem Bahnübergang nahe dem Hotel links in eine kleine Straße ein, die er zuvor für einen Feldweg gehalten hatte. Nach etwa 300 Metern versprang die Straße über einen unbeschrankten Bahnübergang und wurde allmählich zu einem schmalen Wirtschaftsweg.
Auf der anderen Seite der Bahnlinie sah Dago ein verfallenes Fabrikgebäude, das sich trotz seiner Größe gut hinter Bäumen und Büschen versteckte. Das Dach war teilweise eingestürzt und einige Fensterscheiben waren zerbrochen.

Der Fernsehmann wendete den Jaguar und fuhr zurück. Hinter dem Bahnübergang standen Reste einer Toreinfahrt, an deren eingefallener Säule neben Plakaten mit dem Aufruf zur nächsten Ü30-Fete bei Bauer Ewald auch ein verrosteter Briefkasten hing. Dago stellte den Wagen ab und begutachtete den Ort genauer.

Und tatsächlich: Auf dem alten Briefkasten klebte – offenbar vor nicht langer Zeit aufgebracht – ein großer Aufkleber mit der Aufschrift *CARBON-Verwertungsgesellschaft Brochterbeck* und darunter – wesentlich kleiner - ein Schild mit dem Thule-Logo und dem klein darunter gesetzten Schriftzug *Kommunikationssysteme*. „Bingo!", freute er sich.

Dago stieg schnell wieder ein und fuhr seinen Wagen zurück zum Hotelparkplatz. Dort stellte er den Schlitten ab und ging zu Fuß zurück, denn er hoffte, so weniger aufzufallen.
Er schlenderte durch den Torbogen und ging die Schotterpiste weiter entlang. Nach zwanzig Metern erreichte er das Fabrikgebäude.

Der Bau war noch größer, als es von der anderen Seite den Anschein hatte. Da er direkt am Berghang lag, wies er auf dieser Seite ein viertes Stockwerk auf. Unter einem Dachvorbau lugte ein Kran aus einer Ladeluke hervor, die dazugehörige Tür war heraus gebröckelt und lag zu seinen Füßen. Das musste er sich näher ansehen...

Eine alte Metalltür schwang geräuschlos zurück und ein Mann, der ebenso gekleidet war, wie der Türstehertyp vom Phönixsee, sprang ihm in den Weg: „Halt, hier geht's nicht weiter! Wo wollen sie hin?" „Ein wenig spazieren", entgegnete der Befragte, aus Erfahrung nun weniger forsch. „Aber nicht hier, das ist Privatbesitz, können sie nicht lesen? Schönen Tag noch", bedeutete ihn der Bewacher, drehte sich um und zog die Tür laut krachend ins Schloss, bevor er die Schimpfkanonade von Dagobert aufschnappen konnte.

Auf dem Rückweg überholte ihn ein Konvoi aus drei mit Containern beladenen LKWs und zwei seltsam flachen Tankwagen und ließ Dago in einer Wolke aus Staub zurück. „Penner, Dreckssäcke...", hustete er.

Nachdem er seinen Hustenflash überwunden hatte und den Dreck aus seiner Kleidung klopfte, entdeckte er eher zufällig ein Plakat, das am Andreaskreuz des Bahnüberganges nachlässig mit Draht befestigt war: *Fahrten mit der historischen Dampflok von Bad Iburg bis Dörenthe.*
Heute!

Er studierte das Plakat und verwarf den soeben in ersten Ansätzen gefassten Entschluss, nach Tecklenburg zu fahren, um sich abzuduschen, gedanklich um einige Stunden und machte sich auf den Weg.

Dago ist am Zug

Trotz des Navis, mit dem er sich mittlerweile angefreundet hatte, musste er längere Zeit suchen, bis er das Abfahrtgleis hinter dem Bahnhof von Lengerich-Hohne fand. Er wollte seinen Wagen lieber etwas weiter weg vom Thule-Quartier abstellen und hatte daher diesen Haltepunkt als Einstiegsort gewählt. Neben dem *TWG-Schuppen*, so hieß die Gaststätte an der Bahnhofstraße, warteten einige Eisenbahnfreaks mit geladener Kamera auf die Ankunft des Zuges, die er mit seiner Profi-Digicam mit dem Aufkleber von drei bekannten Fernsehsendern der Sendergruppe, für die er die meisten Beiträge produzierte, locker in den Schatten stellte.

Er verscheuchte ein paar Bremsen, die das benachbarte Feld verlassen hatten und überlegte sich, ob er die Wartezeit nutzen sollte und seinen durch Schweißproduktion sinkenden Flüssigkeitspegel durch die Einnahme eines Getränkes in der Bahnhofskneipe ausgleichen sollte.

Als er seine Augen an das Dämmerlicht im Inneren des *Schuppens* gewöhnt hatte, bereute er den Entschluss zunächst. „Watt willze?", ranzte ihn der Wirt an. Dago orderte zunächst mal ein Bier und einen *Bremsklotz*.

„Die Frikadellen mach' ich selbs'", taute der Wirt etwas auf, „Gehörst du auch zu den Eisenbahnheinis?"
„Presse", gab Dagobert an, „ich schreibe gerade was über Nostalgiefahrten. Was ist das denn für eine Eisenbahn hier?"

Der Wirt entsprach seiner Neugier wortreich und der Reporter hatte schon Sorge, dass er den Zug verpassen würde, doch der Gastronom bemerkte den demonstrativen Blick auf die Uhr. Die Eisenbahnlinie wurde tatsächlich noch kommerziell genutzt und zog sich den Teutoburger Wald entlang. „Und ab und zu fahren die Hobbybahner mit ihrer Dampflok hier lang. Am Wochenende fährt hier nur jeden Tag ein Güterzug durch, da haben die genug Platz. So, jetzt wird's Zeit für Dich..."

Nach einigen Minuten Aufenthalt am Bahnsteig sahen er und die anderen Eisenbahnenthusiasten in der Ferne die dunkle Rauchsäule, die das Nahen des Zuges ankündigte, dennoch dauerte es weitere zehn Minuten, bis der Zug eintraf. Zur Überraschung Dagos war es eine richtig große Lok mit vielen Wagen, die sich mit einem erstaunlich hohen Tempo näherte.

Er erklomm den letzten Wagen, in dem er rauchen durfte, entschied sich gegen die neu gekaufte *Vauen 2006* sondern zündete sich zunächst seine *Courrieu* aus Cogolin an.
Weiter ging die Fahrt durch Wiesen, vorbei an staunenden Kühen und flüchtenden Pferden, und durch Wälder. Nur ab und zu wurde bewohntes Gebiet tangiert, so beispielsweise auch in Tecklenburg.

Dago löste ein Ticket beim Schaffner, der in eine historische Uniform gekleidet den Zug durchlief, und erfuhr, dass die nächste Station bereits Brochterbeck sei. Er hob die Camera und filmte eifrig aus der linken Seite des

Zuges. „So kriegen sie aber keine guten Bilder hin, junger Mann", belehrte ihn ein Herr mit drei Kameras um den Hals, „sie müssen auf die Plattform am Ende des Zuges gehen."

„Presse!", zischte Dago böse zurück, „Absolute Ruhe bitte!"
Der Mann zuckte die Schultern und trollte sich gerade noch so rechtzeitig, dass Dago die Rückseite der alten Fabrik, an der er vorhin abgewiesen wurde, vor die Linse nehmen konnte.

Der Zug hatte Brochterbeck verlassen und fuhr noch einige Minuten am Teutohang entlang, vorbei an Fabriken und Gewerberuinen und einzelnen Wohnhäusern, dann überquerte er eine Bundesstraße, verlangsamte die Fahrt und rollte in den Hafen von Dörenthe, wo er auf dem toten Gleis kurz vor einem ehemaligen Speichergebäude hielt, in dem nun statt Getreide Kultur gehandelt wurde.

Die Ausflügler verließen die Bahn, die meisten wohl, um ein paar Bilder zu schießen und einen kleinen Snack einzunehmen, vor dem Kulturspeicher gab es nämlich Erbsensuppe des Löschzuges Dörenthe und Bratwurst der Kulturschaffenden.

Er lief ein wenig im Hafen herum, um sich die Beine etwas zu vertreten. An der anderen Seite der Wasserstraße, die sich hier zum Wendehafen verbreiterte, lagen einige Bauschiffe, offenbar wurden Renovierungsarbeiten am Kanal durchgeführt. Diesseits lagen überwiegend Frachtkähne, deren Bäuche darauf warteten, am Gelände einer Baustoffspedition mit Sand, Schotter und Kalk gefüttert zu werden.

Nichts Spannendes also. Dago zog sich eine Phosphatstange mit reichlich Senf rein und setzte sich dann abseits hin, um die Filmsequenz aus Brochterbeck zu sichten.
Und tatsächlich hatte er das Gebäude gut erwischt, er konnte erkennen, dass die Fenster eines Gebäudeflügels teilweise ausgebessert oder sogar erneuert wurden. Ferner waren auf einem Mauervorsprung des Siloturmes sogar Antennen angebracht. Auch die Laderampe schien in Teilen renoviert zu sein, dort lagen auch Stahlmatten oder Stahlplatten, soweit Dago dieses durch den kleinen Sucher erkennen konnte.

Werksverkehr

Es dämmerte schon leicht, als sich der Zug in Dörenthe wieder in Bewegung setzte.

Seine Kamera wusste er im Kulturspeicher in guter Obhut, sein Presseausweis und einige routiniert gestellte Fragen plus der Versprechung, morgen wiederzukommen, hatten bei der netten PR-Beauftragten den gewünschten Erfolg gezeigt.

„Brochterbeck", brüllte der ehrenamtliche Schaffner durch den Zug und Dago fühlte eine gewisse Anspannung in sich aufsteigen. Jetzt ging es ums Ganze!

Kaum hatte der Zug wieder etwas an Fahrt gewonnen, griff der Reporter nach oben in die längs durch den Zug verlaufende Kette und zog kräftig daran.
Ein langes Tuten war von vorne zu hören, dann quietschten die Bremsen. Dago ging zur Tür - er hatte sich extra ein leeres Abteil ausgesucht, in dem sonst die Koffer und Fahrräder transportiert wurden - und öffnete diese mit einer kurzen Handbewegung.

Der Zug schob sich geräuschvoll in den dunklen Schatten der Fabrik, für Dago genau der richtige Zeitpunkt, den Absprung zu wagen - er stemmte sich gegen das Trittbrett und erwische einen von der Natur mit Stechwerk gesegneten Busch zur Landung.
„Autsch!" Er fluchte leise in sich hinein, verhielt sich ansonsten aber still und rührte sich nicht. Er beobachtete,

nunmehr von außen, wie der Zug zum Halten kam, sich die Aufregung unter den Ehrenamtlichen und den Mitfahrenden allmählich legte, der Zug wieder Fahrt aufnahm und – etwas zornig schnaufend, wie der im Busch hockende Videomann befand – im Wald verschwand.

Er verharrte dort noch etwa eine Viertelstunde, alle seine Sinne befanden sich im Alarmzustand. Dann kroch er gebückt aus dem Buschwerk heraus, rieb seine Blessuren, und schlich sich an die Seite des Gebäudes entlang.

Hier hielt er wieder inne und kauerte sich in eine Mauernische. Hoffentlich waren die unter dem Dach befestigten Kästen, die er vorhin erblickt hatte, normale Kameras und keine Infrarotgeräte. Er zuckte zusammen, als sich schwere Stiefelschritte näherten. „Was war denn da eben mit dem Zug los? Ich dachte beinahe, das wäre unserer gewesen", hörte er einen der Stiefelträger sprechen.

„Der Lokführer hat bestimmt von seiner Schwiegermutter am Bahnübergang wieder eine Flasche Schnaps zugesteckt bekommen", erwiderte der andere und beide lachten kurz. Dago konnte die Reflektion des Mondlichts in den Stiefeln vor seinen Augen glänzen sehen, lange würde er die Luft nicht mehr anhalten können.
„Lass uns weiter Karten zocken, bis die Ladung kommt", sagte der eine, der andere pflichtete ihm bei und der verborgene Dritte atmete einige Sekunden später erleichtert auf.

Da ihm seine Unterkunft etwas unbequem wurde, sah er sich etwas um und konnte die Umrisse eines kleinen Schuppens in geringer Entfernung sehen. Er robbte auf allen Vieren durch das Unkraut, übersah den Stacheldraht, der ihm Hosen und Beine zerriss, unterdrückte abermals ein lautes Fluchen und erreichte sein Ziel.

Die alte Holztür öffnete sich nur unter Protest und Dago schlüpfte durch den Spalt hinein und kauerte sich hinter die mitten im Raum stehende Maschine. So wartete er bestimmt eine ganze Stunde. Das Blut an seinen Beinen trocknete recht schnell, aber die Wunde schmerzte. Dann setzte sich auch noch die Pumpe mit so atemberaubendem Getöse in Gang, so dass Dago hoffte, dass ein Zug ausnahmsweise mal pünktlich käme.

Nach einer weiteren Stunde, der Wartende wäre trotz des Lärms fast ebenso eingeschlafen, wie seine Gliedmaßen, hörte er in der Ferne das Stampfen einer Lok näher kommen. Das Licht am Gebäude flammte auf und mehrere Fahrzeugmotoren sprangen an. Über das Gleis schob sich langsam ein Zug heran, diesmal aber keine Dampf-, sondern eine Diesellok, wie Dago sie in Paderborn gesehen hatte.

Dago schlich näher, brauchte allerdings dieses Mal viel länger, da er zum einen keinen Wert mehr auf eine Begegnung mit dem niedergerissenen Zaun legte, zum anderen aber auch, angesichts des hellen Lichtscheins, kein Bedürfnis nach einem Zusammentreffen mit den schwarzen Männern hatte. Nach einigen Minuten hatte er schließlich Deckung hinter einem Stapel Kunststofffässer gefunden.

Von hier aus verfolgte er auch beinahe das gleich Spiel wie in Paderborn, mit Ausnahme der Tatsache, dass er hier der Leistung der Staplerfahrer tatsächlich noch besondere Beachtung zollen musste. Zwischen der Laderampe und dem befahrenen Gleis befand sich noch ein von kleinen Bäumen und Büschen - einen davon hatte er vorhin bereits schmerzvoll kennen gelernt - bewachsenes totes Gleis, über das sei Jahren kein Zug mehr gefahren war. Auf jenem hatten die Mannen just ein Ständerwerk errichtet, das offenbar eine fahrbare Lore als Untersatz hatte, mittels dem sie diese Lücke zwischen Gebäude und Wagons überbrückten. Viel Platz zum Rangieren gab es für die Förderzeugführer nicht. Nachdem von einem Wagon der Container abgeräumt war, wurde der Untersatz ein Stück weiter geschoben. Das alles geschah zwar im hellen Licht, aber, mit Ausnahme des Motorgeräusches, beinahe lautlos – und äußerst routiniert. Auch die Nummer mit den Schläuchen, die aus Luken in der Gebäudewand geschoben und an den Tankwagen anschlossen wurden, wiederholte sich.

Als der Zug sich – mit nur noch einem Container beladen - nach vielleicht zehn Minuten wieder in Bewegung setzte, wirkte das Ganze so störungsfrei und unbeachtet, als sei es eine gewöhnlicher Vorgang für dieses Nest. Nicht einmal Lichter waren in den Häusern auf der Straße gegenüber angegangen, so als sei nichts passiert.

Dago schaute auf die phosphoreszierenden Zifferblätter seiner Uhr und befand, dass zehn Uhr noch zu früh sei, um nach Hause zurückzukehren. Wie auch - der Zug war abgefahren. Er dachte kurz an die rothaarige Hotelfrau in Tecklenburg und seufzte.

Er entschied sich also, das Gebäude noch näher zu inspizieren, da ihn der Inhalt der Container ja nachdrücklich interessierte. Er drückte sich eng an der Fabrikwand entlang. Durch eine offen stehende Tür schob er sich ins unbeleuchtete Innere. Nachdem er sich durch zwei Zimmer getastet hatte, wähnte er sich in einem größeren Raum. Hier roch es noch stark nach den Resten von Abgasen, wobei ihn der Geruch eher an den typischen Gestank von verbranntem Kerosin, wie er es von den zahlreichen Aufenthalten an verschiedensten Flughäfen kannte, erinnerte, als an den erwartete Dieselgeruch der Staplerfahrzeuge.

Er kramte in seinen Taschen nach dem Feuerzeug, hatte dieses endlich gefunden und entzündete es. Im Lichtschein sah er die, ihm inzwischen reichlich bekannten, Uniformen, einschließlich der zugehörigen Stiefel und Mützen, nebeneinander hängen wie schlafende Marionetten, die dort nur auf ihren Einsatz warteten. Auf der rechten Seite waren etwa zehn der Container gestapelt, die drei neu entladenen standen noch davor – die Tür des einen war aufgeklappt und eine geöffnete Kiste, die offensichtlich daraus stammte, stand daneben. Als er hinein schaute, stockte sein Herz kurz und ein plötzlicher Fluchtreflex ergriff ihn.

Bevor er die Gewehre genauer betrachten konnte, zischte ihn eine Stimme an: „Mach das Feuerzeug aus, Mann!" Dann erfüllte ein gewaltiges Krachen blitzartig seinen Schädel.

Als sein Bewusstsein wieder erlangte, war er umringt von Stiefelträgern. „Was machen wir jetzt mit dem?", fragte einer der Kartenspieler. „Das soll Chef uns morgen sagen", gab ein anderer zurück, „sperren wir ihn so lange in den Bunker." Ein unglaublich großer Mann mit kahl rasiertem Schädel klemmte sich Dago unter den Arm und schleifte ihn drei Stufen herab, dann lud er den Regungslosen ab, warf mit einem höhnischen Lachen dessen Handy auf den Betonboden, so dass es zerplatzte und die Trümmer durch den ganzen Raum sprangen. Der Mann lachte noch, als er die schwere Tür mit einem Krachen ins Schloss warf – dann war es still.

Der Gefangene brauchte einige Minuten, um wieder komplett zur Besinnung zu kommen. Sein Schädel schmerzte. Wenigstens spürte er die anderen Blessuren im Moment nicht, versuchte er der Sache etwas Gutes abzugewinnen.
Nach einiger Zeit der Orientierungslosigkeit gelang es ihm schließlich, die Tür zu ertasten. Und neben dieser fühlte er auch den erwarteten Lichtschalter. Er betätigte ihn und ein dumpfes Licht unter der Decke glomm in einer Feuchtraumlampe mit völlig verdrecktem Glas auf. Immerhin konnte er jetzt etwas sehen und seine Augen gewöhnten sich recht schnell an das Dämmerlicht. Er war

in einem etwa dreißig Quadratmeter großen Raum eingesperrt, den er sich mit vier Stahltanks teilte. Der Treibstoffgeruch hier unten war beinahe unerträglich, obwohl hier unten für eine Belüftung gesorgt zu sein schien, denn er verspürte einen leichten Luftzug. Als er dem nachging, entdeckte er kleine Lüftungsschlitze in einer aus Ziegel gemauerten Umrandung unterhalb der Decke.

Auf den scheinbar nagelneuen, olivgrün lackierten Tanks konnte er den, für ihn nichts sagenden, mit Hilfe von Schablonen nachlässig aufgepinselten Schriftzug entdecken. „JP-B", versuchte er die Aufschrift zu entziffern,

Ein Gewirr an Schläuchen wand sich durch die Außenwände herein und floss an einer Pumpe zusammen, von der aus Rohrleitungen den Treibstoff in die Tanks beförderten. Aus dem unteren Teil der Tanks gingen wiederum Leitungen ab, die eine kleinere Pumpe bedienten. Deren Auslass gingen wiederum in einen Schlauch über, der in einer Luke in der Decke im hinteren Teil verschwand. Dago vermutete drüber eine Entnahmestation zum Betanken von Fahrzeugen oder dem Befüllen von Tankwagen. Neben der Tür hingen drei nagelneue Feuerlöscher.

Dago hockte sich in die Ecke und vermisste sogleich seine Pfeifen - er hoffte, auch so in Ruhe nachdenken zu können. Nach wenigstens einer halben Stunde hatte er einen Plan, er wusste nicht, ob es klappen konnte, aber er würde es versuchen. Es könnte ihm, realistisch betrachtet, eher das Leben kosten, aber seine nähere Zukunft war ohnehin mehr als ungewiss. Außerdem hoffte er stark auf die Tölpelhaftigkeit der Thule-Mannen.

Er krabbelte auf dem Boden umher und suchte die Einzelteile seines Handys zusammen, zumindest die größeren. Doch ausgerechnet der wichtigste Teil war zunächst nicht zu finden. Schließlich hatte er Erfolg: Unter einem der Tanks fand er das Akku-Pack.

Er hoffte, das von seiner kürzlich gesendeten Reportage über explodierende Notebook-Akkus wenigstens ein wenig bei ihm selbst hängen geblieben war, er drehte das Päckchen um und freute sich kurz aber heftig, als er das Kürzel Li-Ion entdeckte, denn auch in seinem Beitrag drehte es sich um Lithium-Ionen Akkus. Er ging zur zweiten Pumpe und begann, den Auslassschlauch durch Lockern der verbindenden Schelle mit einem Stück Gehäuseplastik seines Handys abzuschrauben. Plötzlich schoss ihm eine Menge des Treibstoffes plötzlich entgegen und durchtränkte seine Hosenbeine. Dennoch atmete er zufrieden auf.

Er zog einen Schnürsenkel aus einem Schuh, nahm den Schlauch, quetschte ihn knapp oberhalb des Anschlussstückes zusammen und wickelte den Senkel darum, so dass dort eine dauerhafte Verengung entstand.
„Bifi muss mit", murmelte er den Slogan aus der Werbung und zog eine Minisalami aus seiner Tasche. Er steckte sich die Pökelstange in den Mund. Dann nahm er den Akku und wickelte die Verpackungsfolie des Snacks

unten so um die Kontakte, dass ein Kurzschluss entstehen musste, wenn er diese fest andrückte.

Jetzt war Eile gefragt. Er drückte den Akku in das Schlauchende, dann presste er die Folie fest an die Kontakte, stülpte den Stutzen wieder auf die Pumpe und schraubte die Schlauchzwinge wieder an.

Dieses gelang ihm aber erst nach einer ihm endlos erscheinenden Zeit, in Wirklichkeit mochten es nur Sekunden gewesen sein - die ihm jedoch wesentlich länger vorkamen, da ihm das Plastikgehäuseteil, dass ihm als Schraubenziehersatz diente, mehrfach abbrach. Er hoffte nur, dass der Akku lange genug durchhalten, gleichzeitig jedoch, dass er irgendwann die gewünschte Reaktion zeigen würde.
Er schaltete die Pumpe über den Drehschalter am Gehäuse auf langsamen Ausstoß und hoffte, dieses würde so schnell nicht auffallen. Dann hockte er sich an das andere Ende des Lagers neben die Tür und wartete, was passierte, und hoffte gleichzeitig, dass er die Folgen seines Tuns noch in Gänze erleben würde.

Plötzlich hörte er ein helles Zischen und aus der Luke an der Decke fielen vereinzelt brennende Tropfen herab. Dieses Ergebnis entsprach wenigstens schon mal dem, was er erwartet hatte, er hoffte nur, dass auch das Folgende nicht auf sich warten lassen würde. Nach etwa einer halben Minute, am Boden des Kellers hatte sich schon eine brennende Lache gebildet, waren draußen laute Rufe zu hören, kurz darauf machte sich jemand an der Stahltür zu schaffen.

Dago schaltete das Licht aus. Als der schwarze Schatten zur Tür hereinkam dengelte der Eingeschlossene ihm den Feuerlöscher mit voller Wucht ins Kreuz und warf ihn ohne weiteres Hinsehen dem Fallenden hinterher.

Inzwischen war draußen einiges los: Vergeblich bemühten sich ein paar Schwarzmäntel, den Brand zu löschen, da immer neuer, brennender Treibstoff nach oben gepumpt wurde. Auch waren die Sirenen im Dorf angesprungen und das Horn der anrückenden Feuerwehr war in der Ferne zu vernehmen.

Der Entflohene fand offenbar keine Beachtung. Er sprang in einen in seiner Nähe geparkten Jeep und hoffte, dass niemand vorsichtig genug gewesen war, den Schlüssel abzuziehen. Volltreffer. Er zündete den Motor und fuhr so ruhig er konnte vom Hof, in der Hoffnung, nicht aufzufallen. Nach dem Passieren der Hofeinfahrt drehte er auf und bog zu dem Zeitpunkt auf die Bundesstraße nach links, als die Feuerwehr aus der anderen Richtung nahte. Er freute sich über sein großes Glück, sein Geschick und über das Original -Akkupack aus China in seinem Handy.

Landebahn

Seine Freude war nicht von langer Dauer: Auf der Straße nach Lengerich, in Höhe des Golfplatzes zwischen Brochterbeck und Tecklenburg, schaute er in den Spiegel und bemerkte die beiden dunklen Fahrzeuge, die sich, über beide Fahrbahnen verteilt, mit aufgeblendetem Scheinwerfer und offenbar Vollgas näherten.

„Los, los, mach schon!", feuerte Dago sein Auto an und raste mit durchgedrücktem Bein auf dem Gaspedal die ansonsten verlassene Straße lang, in der Hoffnung, bald die belebte Autobahn zu erreichen, die nach seiner Erinnerung vom Vortage direkt vor ihm liegen müsste. Er atmete leicht auf, als er die blauen Schilder auftauchen sieht, bemerkte dann aber, dass die betreffenden Zufahrten mit orangefarbenem Klebeband zeitweilig als unbenutzbar markiert waren. Die nächste Tafel *AS Lengerich gesperrt, bitte folgen sie der Umleitung U18 nach Ladbergen* verhieß auch nichts Gutes, darum beschloss er, sie zu ignorieren und steuerte den Wagen an dem rot blinkenden Absperrbalken vorbei direkt auf die Auffahrt Richtung Münster, wobei er einiges Absperrmaterial geräuschvoll niederwalzte.

Drei auf der Fahrbahn campierende und in Warnwesten gekleidete Arbeiter konnten sich gerade noch durch einen Sprung in den Grünstreifen retten. In Erwartung eines plötzlich auftauchenden und seiner Fahrt möglicherweise ein jähes Ende bereitendes Hindernis schaute Dago gebannt auf die Fahrbahndecke im Scheinwerferlicht, seine Verfolger hatten es wesentlich leichter, denn sie brauchten sich nur an seinen Schlusslichtern zu orientieren. Dann sah er die blauen, etwas diffusen Lampen rechts und links der Fahrbahn. Er selbst fuhr in der Mitte, vermisste dabei aber die Leitplanken und eigentlich den gesamten üblichen Mittelstreifen. Durch diesen gespenstischen Korridor jagte er ungefähr zwei bis drei Kilometer, bis er direkt vor sich mehrere gelbe Rundumleuchten blinken und ein Getümmel an Scheinwerfern auf sich zukommen sah.

„Die oder ich", grummelte Dago und trat aufs Gas. Als er jedoch rechts einen mit blauen, roten und grünen Lampen markierten, abzweigenden Pfad sah, entschied er sich anders, bog er schnell ab und raste über eine gepflasterte, mit gelben Licht beschienene Fläche, die, so schloss Dago anhand der Markierungen, sonst als Rastplatz dienen musste.
Vor ihm tauchte ein Toilettenhäuschen und links davon mehrere Wagen auf. Er schoss rechts an mehreren abgestellten PKW und zwei dieser seltsamen Tankwagen vorbei, knallte mit dem Auto voll über den Begrenzungsbordstein und verschwand dort zwischen den Büschen, wo er meinte, eine Lücke im Dickicht ausgemacht zu haben. Er malte sich schon aus, wohin er laufen würde, sobald er zwischen den Bäumen stecken bliebe, als er merkte, dass der Weg auf einer kleinen Landstraße mündete.

Er ging voll in die Bremsen, schleuderte herum, gab abermals Vollgas, konnte von der Autobahnbrücke einen

kurzen Blick auf das von ihm produzierte Chaos werfen und jagte durch die Nacht. Die bisherigen Verfolger hatten ihm offenbar nicht folgen können. Er war auf einer gepflasterten Straße gelandet, wie ihm das sanfte Vibrieren des Geländewagens verriet. Wohnwagen waren beidseitig abgestellt.
Er schaltete die Scheinwerfer ab und tastete sich im Schritttempo durch die mondbeschienene Landschaft. So wusste er hinterher nicht mal mehr genau, wie er gefahren war. Rechts im Feld sah er eine alte, halb verfallene Scheune auftauchen. Er bog auf den Zufahrtsweg ab und lenkte den Wagen in den Fachwerkbau hinein.

Er stieg aus und horchte in die Nacht, doch er konnte, mit Ausnahme des Blätterrauschens und des Quakens einiger Frösche, die er offenbar aufgeschreckt hatte, nur Stille wahrnehmen. Nach einer Viertelstunde schloss er leise das Scheunentor, stieg noch einmal ins Auto und durchstöberte im Schein der roten Innenraumbeleuchtung die Seitenfächer der Tür und das Handschuhfach und entdeckte dabei eine zusammengefaltete, mittels Plotter erstellte Skizze, die offenbar einen Lageplan darstellte.

Er entschied aber, seine Müdigkeit über seine Neugier siegen zu lassen. Er stiefelte noch einige Minuten weg vom Auto in das nahe gelegene Maisfeld hinein, um dort, mit abgerupften Pflanzen zugedeckt, sofort in einen tiefen Schlaf zu fallen.

Campingurlaub

Er wusste nicht mehr, wovon er wach wurde - vom tief fliegenden Jumbo im Landeanflug, der über seinen Kopf donnerte oder vom Dröhnen der Sirenen der Feuerwehrfahrzeuge.

Auf jeden Fall war es schon hell, er musste, seiner Uhr nach zu urteilen, immerhin sieben Stunden geschlafen haben. Er musste kurz nachdenken, ob es sich bei den Ereignissen der letzten Nacht um einen Traum gehandelt haben könnte, doch der Ort seines Erwachens inmitten des Maisfeldes ließ diese Theorie schnell wackeln.
Die Feuerwehrsirenen ebbten nicht ab, also schlich er zurück an den Rand des Feldes. Die Scheune, die ihm gestern als Zuflucht gedient hatte, brannte lichterloh und er hegte keinen Zweifel daran, dass dieses kein Zufall war. Zwei Löschzüge hatten sich um sie herum postiert und ließen eifrig Wasser in die hellen Flammen hineinlaufen. Es war sicher im Moment keine gute Zeit für ihn, mit anderer Leute Autos durch die Gegend zu fahren, dachte er sich – doch wo sollte er jetzt hin?

Er erinnerte sich an das Areal, durch das er gestern gefahren war, an dessen Seite die vielen Campingwagen gestanden hatten. Vielleicht konnte er dort unterkommen. Das Hotel in Tecklenburg wollte er jedenfalls zunächst einmal meiden, die Distanz zu den Thules wollte er nach dem Erlebten zunächst einmal vergrößern.

In nicht allzu großer Ferne hörte er das Rauschen der Autobahn und er beschloss, sich in diese Richtung zu orientieren. Er suchte nach Möglichkeit Deckung in den Maisfeldern oder Wäldern an der Seite der Straßen. Zwischendurch entdeckte er an einer Weggabelung das Schild *Campingpark* und folgte ihm.

Dort angekommen wunderte sich die junge Dame zunächst über den frühen Besucher ohne Gepäck, doch Dago war als guter Pressemann um keine Ausrede verlegen, gab eine Autopanne vor – was ihm angesichts zerschlissener und nach Benzin stinkender Hose auch abzunehmen war - und erhielt nach einem Rücktelefonat mit der Redaktion, das erst er und dann sie führte, tatsächlich die Schlüssel zu einem kleinen Wohnhäuschen am See ausgehändigt.

Seinem Chef hatte er gleichzeitig die Zusage abgerungen, ihn am nächsten Tag zu besuchen: „Bring auch Geld und ein neues Handy, das alte ist explodiert!" „Das Geld mal wieder oder was?", lästerte sein Vorgesetzter. „Scherzkeks…"

An diesem Tag hatte er noch viel Zeit. Glücklicherweise fand er auf dem verlassenen Nachbargrundstück ein an der Rückseite des Hauses lehnendes Fahrrad - Eine gute Gelegenheit für ihn, die Kamera schon mal abzuholen. Er schwang sich auf den Sattel und radelte in Richtung Kanal.

Die Bewegung und die frische Luft taten ihm gut, und obwohl Bein und Kopf schmerzten, war er in einer knappen Stunde in Dörenthe angekommen. Dort genoss er noch einen kulturellen Kaffee, auf den die nette Dame den wichtigen Herrn vom Fernsehen eingeladen hatte, schwang die Tasche über seine Schulter und machte sich auf den Weg zurück.

Er entschied sich, einen Rückweg über die Feldwege einzuschlagen, der ihn mit der auffälligen Fracht nicht an der Hauptverkehrsstraße entlang führte.
Nach einigem Hin- und Her über landwirtschaftlich genutzte Wirtschaftswege hatte er sich so verfranst, dass er sich freute, wenigstens wieder in Ladbergen herausgekommen zu sein. Er steuerte die Aral-Tankstelle am Autohof an, ergatterte hungrig fünf Bifi Roll XXL, zwei Cola und einen Becher delikaten WMF-Automatenkaffees für den Direktkonsum und studierte die ausliegende Straßenkarte, um den Heimweg zu finden.

Auf dem Rückweg stoppte ihn dann das Bedürfnis, den eben konsumierten Kaffee wieder loszuwerden. Er stellte das Fahrrad an das Wartehäuschen der Bushaltestelle und schlug sich – schamhaft etwas weiter - ins Gebüsch. Dort stieß er nach wenigen Metern auf einen etwas fünfzehn Quadratmeter großes, abgezäuntes Areal. Durch die Ereignisse der letzten Tage sensibilisiert beschloss er, sich die Anlage näher anzusehen. Mitten in dem Areal befand sich eine Betonplatte mit den Kantenlängen von zwei und drei Metern, aus der drei Lüftungsstutzen schauten.

Eine Revisionsklappe verdeckte den weiterführenden Blick in die unter dem Boden liegenden Einrichtungen. Eine kleine Antenne schaute aus einem Schaltkasten, der zudem mit einer gelben Rundumleuchte ausgestattet war.

Auf dem weiteren Weg Richtung Domizil entdeckte er noch zwei weitere Anlagen dieser Art.

Er schob das Fahrrad in ein Maisfeld, um es später einfacher benutzen zu können, dann betrat er das Wohnwagengelände und suchte seine Herberge auf.
Er machte sich noch kurz Gedanken über das Gesehene, darüber dämmerte er auf dem kleinen Bett in seinem Häuschen ein.

Treffpunkt Rastplatz

Am Abend machte sich Dago noch mal auf dem Weg. In der Dämmerung müsste er gewiss noch einiges sehen können, ohne selbst besonders aufzufallen. Er überquerte die Brücke und beobachtete den beginnenden, baustellenbedingten Stau zwischen Ladbergen und Lengerich.

„Schnell sind die ja", murmelte er vor sich hin. Ein großer Erdhaufen war direkt in Höhe des Durchfahrt-Verboten-Schildes auf den Weg gekippt worden und versperrte die am Vortag benutzte rückwärtige Zu- bzw. Abfahrt des Rastplatzes.

Er setzte sich an einen der Tische am Rastplatz, damit es erschiene, als gehöre er zu einem der geparkten Fahrzeuge, schälte sich die am Campingplatzkiosk gekaufte Minisalami im Blätterteigmantel aus der Alu-Hülle und anschließend die Salami aus dem Blätterteigmantel und beobachtete das einzige potentielle Ziel, nämlich das stark frequentierte Toiletten- und Versorgungshäuschen.

Wie üblich hatte sich eine kleine Schlange vor der Tür mit dem Symbol der Rockträgerin gebildet, das Pendant dazu war zwar auch gut besucht, allerdings war hier die Verweildauer der einzelnen Besucher kürzer. Zwischen den beiden WC-Türen befand sich noch eine weitere mit einem gelben Blitz-Symbol und dem eindringlichen Hinweises, man möge vom Betreten wegen dort vorhandener Hochspannung absehen - Dago staunte jedenfalls nicht schlecht, als sich diese öffnete und eine Gruppe von drei Personen herauskam. In der nächsten halben Stunde konnte er tatsächlich an die zehn Leute zählen, die das Bauwerk durch diese Tür verließen, die meisten davon übrigens in der bereits bekannten schwarzen Kluft.

Dann verebbte der Verkehr auf dem Highway und der Parkplatz leerte sich.
Dago erinnerte sich an die abendliche Vollsperrung und realisierte, dass es Zeit war, den Platz zu verlassen, wenn er nicht auffallen wollte.

In diesem Moment rollte ein Tankwagen, ähnlich demjenigen, der ihn gestern mit Staub einnebelte, auf den Parkplatz und hielt direkt neben der Hütte. Der Fahrer sprang heraus und verschwand hinter dem Gebäude. Dago umkurvte es vorsichtig und sah, wie der Tankwagenfahrer sich ein Weilchen mit einer Klappe abmühte, die von Lüftungsstutzen umringt war. Nach einigen Mühen konnte er diese öffnen. Er zog einen Schlauch aus seiner Hülle am Tankwagen und klinkte diesen auf der einen Seite irgendwo unter der Klappe und auf der anderen Seite am Tank fest.

Die Pumpe des Tankwagens lief an, er konnte aber nicht erkennen, was wohin gepumpt wurde, aber es roch so, wie in seinem gestrigen Verließ.

Plötzlich spürte er eine schwere Pranke auf seiner Schulter. „Hey, so spät noch alleine hier? Auf wen wartest du denn?", sagte eine raue Stimme zu ihm.

„Äh…", stotterte Dago und drehte sich langsam zur Seite.
„Psst. Du musst nichts sagen. Ich habe dich durchschaut, man sieht dir gleich an, das du was suchst." Lederweste schob sich näher an ihn ran, der Geruch von frischem Wildlederpflegemittel drang in seine Nase.

„Du bist wohl neu in der Parkplatzszene, wie? Nicht so schüchtern…", ermunterte er Dago.

Nun klickerte es bei ihm. Wenigstens kein Thule-Mensch, der ihm ans Leder wollte: „Ach, weißt du, ich warte schon auf einen der schnuckeligen Typen in schwarzer Uniform, die hier rumlaufen. Ich steht nicht so auf Leder."

„Schade. Wenn's du es dir anders überlegst: Ich bin Ingo – hihi, Super-Ingo – und bin jede Woche hier. Selbe Zeit, selber Ort."
Dago nickte kurz und Super-Ingo trollte sich.

Auch Dago machte sich auf den Weg. Er war platt und – was noch schlimmer wog – er hatte eine Menge Durst.

Kontaktaufnahme

In der Campingplatzgastronomie bestellte er sich erst einmal ein Bier. Das anschließende Schnitzel, dass neben der traurig wirkenden Beilage aus einem zerknitterten Salatblatt und einer labbrigen Tomatenscheibe mächtig auf dem Teller lag, schaffte dann die notwendigen Grundlagen für den geplanten Ausgleich des Flüssigkeitsentzugs der zurückliegenden entbehrungsreichen Tage. Das bereits zweite Weizenbierglas thronte neben dem Teller.

Er saß im Inneren des Betriebes, denn draußen hatte es angefangen, heftig zu Gewittern. Das Donnern ließ den Bau erzittert und gewaltig Blitze zuckten vom dunklen Himmel herab – doch Dago hatte seinen Lichtblick schon innerhalb des Gebäudes ausgemacht. Am Tisch nebenan saß eine blonde, lockige Frau.

Sie schien – soweit er das angesichts ihrer sitzenden Position einschätzen konnte - relativ groß zu sein und Ihre Beine ragten lang unter dem Tisch hervor. Dago hob – als er sich selbst dabei erwischte - seinen Blick von ihren üppigen Brüsten empor auf Ihr Gesicht.
Um ihre vollen Lippen spielte ein Lächeln, das jedoch niemanden zu adressieren schien. Die kurze, etwas stupsige Nase passte gut zwischen das Sommersprossenfeld.
Die Augen darüber wirkten aufmerksam und harmonierten mit dem Lächeln darunter. Er versuchte, das Alter zu schätzen, doch genau gelang ihm das nicht. Auf jeden Fall genau richtig, wie er befand.

Er hoffte, dass sie weder aufstehen, noch mit einem plötzlichen Begleiter aufwarten würde.

Das Umfeld bot gute Chancen, mindestens mit ihr ins Gespräch zu kommen, denn zu den Rentnern und muscleshirtbehangenen Ruhrgebietsflüchtlingen im Jogginganzug stellte er die einzige Alternative dar. Er überlegte gerade noch, wie er die Kontaktaufnahme gestalten sollte, da erhob sie sich und steuerte auf seinen Tisch zu. „Hallo, darf ich mich dazu setzen?", fragte sie.

„Sicherlich, wenn sonst niemand mehr dazukommt", erkundete er die Ausgangslage.

Zwei Stunden später, das entsprach sechs Bier, diesmal allerdings in bedächtig gewählten, kleinen Gläsern, und vier Rotwein und zwei Campingplatzhausmarkesekt, hatten sie sich über eine Menge Belanglosigkeiten ausgetauscht und sich gegenseitig den derzeitigen Mangel an Abwechslung im jeweiligen Lebensabschnitt eingestanden, und so beschlossen sie, im letzten Punkt sofortige Abhilfe zu schaffen.

Sie standen also auf, bummelten noch ein wenig zwischen Wohnwagen und fest installierten Mobile-Homes hindurch, bis sie vor der Tür *seines* Hauses standen.

Sie schauten sich fest in die Augen. „Ja?", fragte er. „Ja!", erwiderte sie. So entschieden sie sich mehr oder weniger sachlich dafür, sich mindestens sympathisch genug für eine gemeinsame Nacht zu finden.

Diese Sachlichkeit wich schlagartig, als sie ins Schlafzimmer kamen. Sie konnten sich gar nicht schnell genug die Kleider vom Leib reißen. Hungrig tobten sie durch die klamme Bettwäsche und Dago wunderte sich über die Qualitäten der eher bodenständig wirkenden Paula und darüber, wie gut ihm *das* trotz der Menge an Alkohol im Blut gelingen konnte. Bevor er dann doch schließlich erschöpft und zufrieden einschlief, beschloss er noch, sich die Biersorte gut zu merken, die auf dem Platz ausgeschenkt wurde.

Als er am nächsten Morgen wach wurde, schien ihm die Sonne bereits ins Gesicht.
„Paula?"
Er tastete neben sich, doch da lag niemand mehr. Er überlegte kurz, ob die Begegnung nur das Ergebnis eines, zugegebenermaßen diesmal netten, Traumes gewesen war, doch der Geruch nach ihr, der noch im Zimmer umher wehte, bewies ihm etwas anderes. Panik stieg in ihm auf. Würde er sie wieder sehen? Er beschloss jedenfalls, die Campingplatzkneipe die nächsten Tage ausdauernd zu frequentieren.

Als er sich anzog, bemerkte er, dass sein Portemonnaie entgegen seiner Gewohnheit nicht in einer der vorderen Tasche seiner Hose steckte, sondern in einer Gesäßtasche. Schnell überprüfte er die sich darin befindlichen Habseligkeiten, befand aber, dass noch alles da sei. Stopp. Was lag denn dort auf dem Boden? Eine seiner Visitenkarten lag halb unter dem Teppich - war diese Paula etwa beim Filzen seiner Geldbörse heraus gefallen?

Bereits das zweite Mal am heutigen Morgen schnürte sich seine Kehle zu. Was wäre, wenn Paula eine von *jenen* wäre? Dann wären sie ihm jetzt auf der Spur. Auf jeden Fall wäre es dann nun an der Zeit, diesen Ort zu verlassen.

Er verließ, ohne mit jemandem zu sprechen, fluchtartig den Campingplatz, bezahlen konnte die Firma ja später noch, suchte eine Weile im Maisfeld nach dem abgestellten Fahrrad und radelte zunächst etwas ziellos umher. Später wollte er ja seinen Chef noch treffen, aber die Zwischenzeit konnte er ja mal nutzen, um die Erlebnisse mal strukturiert – obwohl ihm das gewiss nach Alledem schwer fallen würde - in einen logischen Zusammenhang zu bringen und etwas zu recherchieren.

Nebelmorgen

Der Morgen graute und Paula fror trotz der für diese Uhrzeit eigentlich ganz angebrachten Witterungsverhältnisse. Gerade hatte sie noch neben dem netten Redakteur in der warmen Hütte im noch wärmeren Bett gelegen, als sie der Gesang der Vögel weckte.
Die Unruhe trieb sie nach draußen. War er wirklich Journalist, wie er behauptete? Sie musste auf Nummer sicher gehen.
Zumindest den Presseausweis hatte sie in seinem Portemonnaie entdeckt. Sie zog die Tür leise ins Schloss und schlich über den Campingplatz.

Ihren sich selbst gestellten Auftrag hatte sie nicht erfüllt. Was wusste er über die Sache? Steckte er mit *jenen* unter einer Decke? Oder war er ihnen auf der Spur?
Inständig hoffte sie, dass letzteres der Fall sein möge.
Sie würde ihn hoffentlich wieder sehen. Und sie hoffte, dass er ihr den übereilten Aufbruch dann nicht übel nehmen würde.

Doch halt – was da gerade durch ihren Kopf ging, war hochgradig unprofessionell. Sie hatte eine Chance gehabt und nicht genutzt. Er hätte ihr in diesem Zustand alles erzählt – Männer sind halt so. Und wegen irgendwelcher *Gefühle* hatte sie versagt. So etwas war ihr seit der Ausbildung nicht mehr passiert. So etwas durfte nicht passieren.

Sie bekam ihn trotzdem nicht aus dem Kopf. Ein geiler, hungriger Abend war es gewesen. Gut, Verehrer hatte sie reichlich. Und sicherlich, ins Bett war sie jüngst mit einigen gestiegen. Doch jetzt da war da mehr zwischen ihnen gewesen, das spürte sie.

Verwirrt irrte sie durch die Felder, aus denen Nebel aufquoll und ihr die Fernsicht versperrte. „Passt irgendwie", dachte sie.

Recherche

Die Vögel zwitscherten mittlerweile, der Nebel hatte sich verzogen und er konnte weit über die Felder ins Land schauen, wenn ihm nicht gerade ein Maisfeld, von denen es hier viele gab, die Sicht versperrte. Diese Idylle kam ihm unwirklich vor, so weit von den zurückliegenden Ereignissen entfernt. Seine Gedanken klarten allmählich auf.

Dago zog instinktiv den Kopf ein, als eine Boeing 737 der Air Berlin - er konnte die Beschriftung am Heck bequem lesen und hatte den Eindruck, der Pilot würde ihm winken - über seinen Kopf dröhnte.
Genau, der Flughafen könnte eine gute Anlaufstelle für ihn sein. Dort konnte er sich mindestens mit einem Kaffee versorgen und einen Internetzugang würde er dort auch bestimmt finden können.

Er irrte ein wenig durch das Land, sein Weg führte ihn teilweise durch Heidelandschaft, auf sandigem Boden gewachsene Wälder, teilweise durch kultivierte Felder. Er orientierte sich am Dröhnen von Triebwerken, die hin und wieder in der Ferne aufheulten und an der Route der Jets, die im Landeanflug über ihn hinwegbrausten. Schließlich erreichte er den Kanal, von hier aus dauerte es noch etwas eine gute Viertelstunde, bis er die nächste Brücke überquert und ein kurzes Stück Weg dahinter den Flughafenkomplex erreichte.

Sein erster Gang führte ihn zu einem öffentlichen Fernsprecher, von dem aus er seinen Chef anrief und ihn bat, ihn am Nachmittag doch lieber am Flughafen aufzusuchen und abzuholen. Dann tigerte er durch das Gebäude.

Im Obergeschoss des Flughafens fand er eine nette Cafe-Lounge mit Internet-Terminal, dort richtete er sich gemütlich ein.

Angesichts mangelnder Anhaltspunkte galt sein erster virtueller Besuch *google* – der Startseite für Internetrecherchen und meistgenutztes Werkzeug für den angehenden und fortgeschrittenen Journalisten – gleich nach der Seite mit den *Journalistenrabatten* für Presseausweisinhaber. Nach etwa einer Stunde hatte er eine Menge an interessanten Hinweisen gefunden. Er ging seine Notizen noch mal durch:

Alle NATO-Staaten werden von einem Pipeline-Netz durchzogen, durch welches Treibstoff gepumpt wird. Dieser Treibstoff dient im Wesentlichen der Betankung von Flugzeugen, jedoch ist ab 2010 der Einsatz eines Treibstoffes JP-8 – „aha, so hieß das Zeugs in den Tanks also" - *in allen Mitgliedsstaaten verbindlich, der für alle Motoren verwendbar sein soll.*

Erst durch Zusätze, so genannte Additive, die teilweise hoch giftig sein sollen, wie er einige Quellen entnehmen konnte, *wird er an den genauen Verwendungszweck angepasst. Durch die Pipelines wird spätestens 2010 dieser Grundtreibstoff gepumpt. Ein Teil dieses Pipelinenetzes wird auch zivil genutzt. Jenseits dieses Netzes gibt es aber noch im Geheimen betriebene Strecken, die ausschließlich militärischen Zwecken dienen.*

Das Pipelinenetz verbindet Raffinerien, Öllager und militärische Einrichtungen wie beispielsweise Kasernen oder Flughäfen miteinander.

Durch Deutschland verlaufen das Central European Pipeline System, abgekürzt CEPS, und das wesentlich kleinere North European Pipeline System, auch als NEPS bezeichnet.
Die Instandsetzung und der Betrieb erfolgen in Friedenszeiten durch die nach außen hin privatwirtschaftliche Fernleitungsbetriebsgesellschaft mbH, kurz FBG, in Kriegs- oder Krisenzeiten durch die Pipeline-Pioniere der Nato.

Bei seiner weiteren Recherche im Netz stieß er jedoch schnell an Grenzen. Obwohl es zahlreiche interessante Hinweise gab, unter anderem Studien über Erkrankungen durch diesen Treibstoff, landeten die meisten Links, denen er folgen wollte, auf toten Seiten – mit Ausnahme der offiziellen, inhaltsleeren, Verlautbarungen der NATO und anderer damit verbundenen Organisationen.

Er fand jedoch heraus, dass es in der Nähe ein öffentlich bekanntes Teilstück gab, welche in der Nähe nahe Münster verlief und dann an Warendorf vorbeiführte, wie er weiter recherchierte.

Dago mutmaßte also, dass diese seltsamen abgezäunten Flächen am Waldesrand die sichtbaren Spuren einer damit in Verbindung stehenden CEPS-Pipeline darstellen könnten. Auch die Beziehung zum Notlandeplatz und eventuell sogar die räumliche Nähe zum Flughafen Münster-Osnabrück passten sich ins gerade entstandene Bild ein.

Dago zuckte zusammen, als sich eine Hand von hinten auf seine Schulter legte. „Chef", freute er sich dann aber aufrichtig, „schön dass du da bist, hast du Geld dabei?" Calla hatte. Eigentlich. „Erst die Fakten, dann die Kohle", forderte er. Zunächst ließ er es dabei bewenden, Dago mit einem neuen Handy und einer Plastiktüte mit neuer Kleidung auszustatten. „So, wohin nun?"

Die letzte Recherche im Internet für jenen Tag führte die beiden ins Hotel *Zur Post*, einem historischen Gasthaus im Ortskern von Ladbergen, dessen malerisches Fachwerk auf dessen lange Geschichte hinwies und im Übrigen sowohl von den abgebildeten Außen- als auch den Innenansichten äußerst einladend wirkte.
Der Name des Hotels rührt von dessen ehemaligen Verwendungszweck als Poststation seit 1871. Bereits das Vorgängergebäude in unmittelbarer Nähe diente als Umspannstation für den Postdienst, der als Infrastrukturverbesserung zu den Verhandlungen über den Westfälischen Frieden zwischen Köln und Osnabrück eingerichtet wurde. Auch die Vorverhandlungen im Vorfeld des Friedensabschlusses fanden in den Räumlichkeiten dieser gleichzeitig als Gasthaus dienenden Station statt.

Hauptausschlaggebend für die beiden, aus der erstaunlich umfangreichen Auswahl an guten Übernachtungsmöglichkeiten in dem Kaff eben jenen Betrieb zu wählen, war die Aussicht auf die eine oder andere Zigarre vor dem flackernden Kaminfeuer, dass auf einem der Fotos lockte.

Treffen auf dem Bauernhof

Sie saßen vor dem alten Münsterländer Kamin direkt im Eingangsbereich des Gasthofes. Auf ihre Bitte hin hatte der Jüngling am Empfang – erst nach Rückfrage bei seinem Chef – das Feuer trotz der warmen Außentemperaturen entzündet. Sparsam zwar, aber der Gemütlichkeit durchaus zuträglich. So pafften sie ihre Monte Christo Nr. 5 und Dago schilderte seinem Vorgesetzten detailliert die Vorgänge der letzten Tage, was ihm einiges an Bewunderung aber – zunächst - auch Unglauben einbrachte.

Die Schilderungen der Geschehnisse rund um die verlassene Fabrik in Brochterbeck und die anschließende Flucht über die Autobahn musste er einige Male wiederholen, denn Calla fand diese so unglaublich, dass er immer wieder nachbohrte.

Bei der vierten Schilderung hielt Dago plötzlich inne, klopfte seine Taschen der mittlerweile gewechselten Kleidung ab und erhob sich plötzlich. „Ich glaube, ich habe oben noch was in meinen Klamotten vergessen", grübelte er, verschwand und kam nach etwa fünf Minuten mit einem Zettel in der Hand wieder.
Sie beugten sich über die im Vehikel gefundene Karte und überlegten, was diese wohl darstellen könnte. „Wir müssten jemanden fragen, der sich hier auskennt", regte Calla an.

Ein Finger bohrte sich plötzlich mitten in die Karte. „Das hier könnte der Hafen sein und das die alte Bahnlinie", sprach die dazugehörige Stimme. Beide fuhren herum und Dago errötete sogar, ohne zu wissen warum, aber irgendwie peinlich war ihm dieses Zusammentreffen schon. Nach einer kurzen Schrecksekunde, beide hatten nicht mitbekommen, dass sich jemand leise von hinten genähert hatte, gewann Dago die Fassung wieder. „Paula, das ist Calla, Calla, das ist Paula. Ich habe gerade von ihr erzählt", erklärte er hektisch. „Schön. Ihr seid ganz schön unvorsichtig", schulmeisterte Paula, „ich hätte ja auch einer von den Thule-Jungs sein können... Ich darf mich doch dazu setzen?"

Sie bestellte einen Rotwein, die beiden Männer beschafften noch zwei Romeo y Julietta aus dem hoteleigenen Humidor. Nachdem die Zigarren wieder rauchten, stellte Paula sich den staunenden Fernsehleuten als Mitarbeiterin des Verfassungsschutzes vor.

„Allerdings bin ich im Moment beurlaubt. Meine Recherchen in Sachen Thule haben offenbar den einen oder anderen gestört, so dass ich nun ein paar Tage Urlaub machen kann. Und wo geht das besser als hier im Münsterland?", zwinkerte sie, „So, nun lasst uns die Karte mit meinen Urlaubsorten weiter begutachten."
Sie fanden heraus, dass es sich bei dem nächsten eingezeichneten Ort um den Rastplatz an der Buddenkuhle handelt musste, auch den Hafen identifizierte Paula schnell. Weiterhin mutmaßte Dago, dass das eingezeichnete Kästchen die alte Fabrik in Brochterbeck sein konn-

te. „Und die gebogene Linie, die vom Rastplatz über die B475 schräg nach unten geht, ist dann die Pipeline." Als er Paula fragenden Blick sah, schaute er seinen Chef kurz an und auf dessen kurzes Nicken hin weihten sie Paula in ihren Verdacht ein.

„Vielleicht finden wir ja noch mehr heraus", sagte Calla und stand auf. Nach wenigen Minuten kam er mit einem, offenbar nur noch durch Klebestreifen zusammengehaltenen, Laptop unter dem Arm wieder zurück. Im weiteren Verlauf des Abends enttarnten sie mit Hilfe diverser Kartendienste im Netz noch einen weiteren Ort auf der Karte. „Hier steht was von Pharmafabrik", brachte Dago die Karte und die dazugehörigen Suchergebnisse zueinander.

„Die habe ich schon seit Wochen unter Beobachtung gehabt", warf Paula ein, „das scheint so eine Art Anlauf- oder Rekrutierungsstelle zu sein. Das andere Haus hier in der Nähe kenne ich aber nicht, wir sollten mal suchen, was dort noch los ist."
„Aber nicht mehr heute", warf Calla ein, „heute ist nur noch Bett!" „Ja", bestätigten Paula und Dago gleichzeitig und schauten einander tief in die Augen. Calla verdrehte demonstrativ die Augen.

Sie beschlossen nur noch, am nächsten Morgen zunächst einmal das auf der Landkarte verzeichnete Haus zu suchen, und dann endlich den von ihnen fast vergessenen Leihwagen am Bahnhof Hohne abzuholen - dann zog Calla sich aufmerksam zurück.

„Sorry, dass ich einfach weg bin, aber ich war schlicht durcheinander. Und ich musste einfach wissen, mit wem ich es bei dir zu tun habe." „Und, beruhigt?", fragte Dago. „Bedingt, ja", lachte sie.

„Das Bett hier knarrt", stellte er fest. „Ist ja auch alles historisch hier – in diesem Bett haben sicher schon die schwedischen Gesandten der Friedenskonferenz mit irgendwelchen der zahlreichen Ladberger Dorfschönheiten genächtigt. Aber jetzt sind wir dran…"

Am nächsten Morgen wurde Dago zu seiner Erleichterung nicht alleine wach. Als beide sich endlich durchringen konnten, aufzustehen und alsbald den Frühstücksraum erreichten, waren dort schon die ersten Gäste im Begriff, ihre Münsterlandradtouren aufzunehmen.
Calla saß schon am Tisch und zog sich eine hoch aufgetürmte Portion Rührei rein. „Das Ei ist klasse, der Rest auch…", mampfte er und kurze Zeit später hatten auf die beiden ihren erste Kaffee hinter und ein umfangreiches Frühstück vor sich.

„Ich mach mich noch eben frisch und gehe das Notwenigste einkaufen. Wartet bitte kurz auf mich." bedeutete Paula ihnen. Nur knappe drei Stunden später machten sie sich auf den Weg zur ehemaligen Pharmafabrik. Diese lag etwa drei Kilometer außerhalb von Ladbergen an einer Landstraße, hinter hohen Hecken versteckt.

Die Zufahrt zum Gebäude war durch ein verwittertes Tor verschlossen, auf dem die Initialen des ehemaligen Firmengründers prangten. Das Grundstück wirkte verwahrlost und auf den ersten Blick verlassen, das Gebäude schien dem Verfall preisgegeben, doch am linken Seitenflügel hatte jemand dem Haus neue Fenster spendiert und eine Satellitenschüssel peilte von einem Dreieckständer aus einem Gebüsch irgendeinen geostationären Himmelskörper an.

Vor dem Haus parkte ein dunkles BMW-Motorrad.
„Die Fabrik ist damals nach Lengerich umgezogen – aber dort gibt es sie nun offenbar auch nicht mehr", wusste Paula und ergänzte damit die Informationen, die Dago den Resten eines Schildes neben der Einfahrt zu entnehmen versuchte.
Dago suchte die Fensterreihen ab. Hinter einem Fenster meinte Dago eine plötzliche Bewegung registriert zu haben, „Los, wir gehen weiter, bevor wir auffallen. Lass uns mal das andere Haus suchen, das kann ja nur hier in der Gegend sein."

Sie stiegen wieder ins Auto und kurvten eine Zeitlang durch das Land. Sie fuhren zwischen endlosen Maisfeldern hindurch, die Landstraßen wirkten wie in diese großen Flächen hinein gefräste Furchen.
Ab und zu wich der Mais einer Pferdewiese, auf der Islandponnies gemütlich grasten, und hier und da lugte ein rot gedecktes Dach über die Pflanzen hinweg. Die drei großen Windräder, die beständig über dem Land thronten, halfen ihnen bei der Orientierung.

Ein starker Wind war aufgezogen und wogte die Futterpflanzen. Zudem deuteten erste Tropfen ein nahendes Unwetter an. Als sie gerade trotz aller landschaftlichen Reize entnervt aufgeben wollten, nahm ihnen ein schwarzer Jeep die Vorfahrt.

„Das ist doch bestimmt eine Karren von *denen*", sagte Dago und bog abrupt ab um dem Geländewagen zu folgen.
Er hatte Mühe, mitzuhalten. „Scheißkarre. Kannst Du Dir kein vernünftiges Auto kaufen?", machte er seinen Chef an. „Ein guter Fahrer wäre wichtiger…", gab dieser zurück.
Sie sahen die Wagen noch an der nächsten Kreuzung abbiegen, doch als sie dort angekommen waren, war weit und breit niemand mehr zu sehen.
„Er muss hier in den Waldweg gefahren sein", rätselte Paula. „Und dann?", muffte Calla zurück. „Wir werden sehen. Stell den Wagen mal hier irgendwo anders ab, dann machen wir mal einen Waldspaziergang. Das kann Dir nur gut tun und weg ist der Jeep jetzt sowieso erst mal."

Sie versteckten den Wagen, so gut es eben ging, hinter den Büschen am Rande eines nahe gelegenen Forstweges und folgten diesem in den Wald hinein. Der Weg zog sich ein Weilchen hin, aber die frischen Reifenspuren auf dem Boden ließen die Hoffnung wieder erwachen.

Als sie weit in den Wald eingedrungen waren, versperrte ein großes zweiflügeliges Schwingtor mit geschwungenen Verzierungen den Weg, jedoch war die Mauer links und rechts des Weges schon vor langer Zeit eingefallen und nun in Teilen entweder nicht mehr existent oder halb eingefallen und von kleinen Bäumchen bewachsen - nur noch zwei Säulen rahmten die Zufahrt ein.

Mittlerweile hatte sich der Himmel verdunkelt, in der Gegend über Münster zuckten die ersten Blitze und Donner rollte aus der Ferne auf sie zu – der starke Regen war bereits angekommen und konzentrierte sich offenbar darauf, das Dreiergrüppchen vollends durchzuweichen. „Erst drei Uhr, aber dunkel wie zur besten Krimizeit", wisperte Paula.

Im Schutze der Büsche schlichen sie weiter, bis sie an einen geschotterten Vorhof gelangten, der von alten, aber gut erhaltenen Fachwerkgebäuden auf drei Seiten eingerahmt wurde. Auf diesem standen einige offenbar obligatorische schwarze Jeeps, aber auch einige etwas ziviler wirkende noble Karossen. „Da, schau mal, sogar einer mit Y-Kennzeichen", machte Dago das Bundeswehrfahrzeug aus. „Und das ist der Wagen vom Verleger Freye, *ST-RF...*", erkannte Paula ein weiteres sternbestücktes Auto.
„Scheint ja eine erlesen Veranstaltung zu sein", bemerkte Calla trocken, „und du hast unsere Einladungskarten vergessen!"

„Dort!", Paula deutete auf eines der Nebengebäude. Auf diesem blinkte in einem Intervall von etwa fünf Sekunden eine Lampe den Himmel an. Ein bläulich-weißes Streulicht strahlte ringörmig nach oben. Dann hörten sie das entfernte Brummen eines Flugzeugmotors, das immer lauter wurde. Plötzlich sahen sie etwa hundert Meter über sich das Pulsieren des Stroboskop-Lichts und die grünen und roten Positionsleuchten der Maschine.
Das Flugzeug drehte etwas ab und verschwand genauso plötzlich im Regen, wie es aufgetaucht war. Auch das Licht auf dem Schuppen war nun erloschen und sie hörten nur noch den niederprasselnden Regen.

Die Klamotten klebten an ihren Körpern. „Wenn sie dich in deiner Agentenbude später nicht mehr nehmen sollten: Als Miss Wet-T-Shirt hast Du auch gute Chancen", bemerkte Dago. Paula hieb ihm den Ellenbogen in die Seite, worauf dieser schmerzvoll das Gesicht verzerrte. „Könnt ihr mal mit den Albernheiten aufhören?", erinnerte Calla die beiden an den Ernst der Lage.

Sie umrundeten geduckt einige Fahrzeuge, bis sie an der Stirnseite des großen Hauptgebäudes ankamen. Die ehemalige Dielentür war ersetzt worden durch eine gläserne Fensterfront, durch die ein unstet flackerndes Licht nach außen fiel „Eigentlich schon fast zu transparent für den dunklen Zirkel", flüsterte Paula, die als erstes das Fenster erreicht hatte und verstohlen hindurch linste. „Das ist ja eine feine Gesellschaft, mal sehen, wen wir das alles haben..."

Der Rest ging im lauten Krachen des Gewitters unter, das der Sturm schnell über die Gegend geschoben hatte und der folgende Blitz erhellte Sekundenbruchteile lang die Umgebung. „Hoffentlich haben die mich nicht gesehen, als es donnerte schauten natürlich alle raus", keuchte Paula, als sie, diesmal auf den Schutz von Blech und Busch verzichtend, das Tor erreicht hatten.

Um den Weg zu vermeiden, liefen sie durchs lichte Unterholz. Als sie die Straße erreicht hatten, waren sie natürlich nass bis auf die Knochen und von oben bis unten behangen mit Blättern, glitzernden Spinnweben und allerlei Waldbewohnern. „So geht ihr nicht in mein Auto", versuchte Calla einzuwenden. „Halts Maul und fahr!", gab Dago zurück und schwang sich in den Wagen. „Ist ohnehin nur ein Leihwagen. Und lass uns mal langsam den anderen abholen." „Ist auch nur ein Leihwagen", grinste Calla zurück, gab Gas und suchte den Weg durch die Dunkelheit auf die Landstraße nach Lengerich.

Unterwegs berichtete Paula, wen sie gesehen hatte. „Im Wesentlichen sind das alte Bekannte. Einmal der Zeitungsverleger Rudolf Freye aus Lengerich, der dort neben dem Ortsblättchen auch den *Westfälischen Patrioten* herausgibt, sein alter Kumpel General Gernot von Hammerschlag, alt eingesessenes Landadelsgeschlecht – die beiden hatten schon gemeinsam die Schulbank gedrückt –, den Kirchenmann kann ich derzeit nicht zuordnen, habe ihn aber schon mal gesehen, ist aber wohl ein höheres Tier, dann, last but not least, Guntram Finkelsteyn,

Unternehmer aus Saerbeck, soweit ich weiß entweder direkt oder über Strohmänner quasi Alleininhaber des *Thule*-Imperiums."

Sie waren in Hohne angekommen. „Shit ist das!", schimpfte Calla, als Dago und Paula in den vernachlässigten und von Taubenkot eingedeckten Jaguar einstiegen, dessen Aussehen Calla Tränen in die Augen trieb. „Stell dich nicht so an. Kriegst du alles mit einem feuchten Taschentuch wieder ab", entgegnete sein Mitarbeiter.

Calla folgte ihnen grummelnd auf dem Rückweg nach Ladbergen. Sie fuhren einen Umweg und überquerten die Autobahn an der Engeldammbrücke. „Hier ist die Landebahn und da der Rastplatz", erläuterte Dago seiner Beifahrerin.

„Sieht aus wie ein NLP", erläuterte diese. Auf den fragenden Blick des Fahrers dozierte sie: „NLPs sind Notlandeplätze. Sie sind zu Zeiten des Kalten Krieges und sogar nachher noch angelegte Autobahnteilstücke. Diese konnten innerhalb kürzester Zeit, die Rede ist von vierundzwanzig Stunden, zu Flughäfen ausgebaut werden. Die waren für die militärische Nutzung vorgesehen und sind gar nicht so selten. Die Autobahnen sind an diesen Stellen immer gerade, meist über etwa zwei Kilometer und an den Enden liegen jeweils breite Rastplätze, auf denen zwei Flugzeuge abgestellt werden können. Elektro- und Kommunikationsanschlüsse: Alles vorbereitet."
Dago staunte nicht schlecht. „Aber dann wäre ja die Bundeswehr in die Sache verwickelt", mutmaßte er.

„Scheint so, vielleicht aber auch nicht", orakelte die Agentin. Dago fragte sich in einem Anflug von Misstrauen, ob sie wohl mehr wusste, als sie verriet. Doch ihr strahlendes Lächeln beendete seine Grübelei schnell.

In ihrer Unterkunft angekommen, verschwanden erst einmal alle zur ersehnten warmen Dusche, Dago und Paula wärmten sich anschließend ausgiebig gegenseitig und Calla genoss derweil eine Zigarre am Kaminfeuer, das der aufmerksame Portier dieses Mal bereits bei deren Ankunft angesichts der verfrorenen Gestalten entzündet hatte.

Später rekapitulierten sie das Erlebte gemeinsam - zunächst bei einem ausgezeichneten Spesenessen im Gasthaus.

„Auf jeden Fall sollten wir uns morgen mal um den Flughafen kümmern", schlug Dago mit etwas ungelenker Zunge vor und schob zufrieden den vom *Lammrücken mit westfälischen Ziegenkäse* befreiten Teller zur Seite.
Calla, der schon mit seiner zweiten Nachspeise beschäftigt war, nickte zustimmend. Die *Creme Brulee* auf seiner Zunge machte es ihm unmöglich, sich sprachlich zu äußern. Er verdrehte genießerisch die Augen und studierte wieder die Dessertkarte.
Paula war noch mit dem *Rehrücken* beschäftigt. „Zumindest der Flugsicherung können die vielen Aktivitäten hier und an der Autobahn unmöglich entgangen sein", ergänzte sie.

Anschließend berieten sie sich noch vor dem Feuer, bei zwei Montecristo, reichlich Wein und noch mehr Bier. Danach blieb ihnen nur noch der Weg in ihre Zimmer – und sie waren so müde, dass wirklich jeder und jede das eigene Zimmer nahm.

Flugsicherung

Am nächsten Morgen trafen sie sich beim Frühstück im *Friedenssaal* wieder, und dort, wo einst die königlichen Delegationen tagten, entwarfen sie ihren Plan für den Tag.

„Nach meinem Dafürhalten muss der nahe gelegene Flughafen etwas davon mitbekommen haben. Da fliegen denen nachts die Maschinen sozusagen quer über das Rollfeld und die merken nichts davon? Das kann ich gar nicht glauben", bestätigte Calla noch einmal die gestern aufgekommenen Zweifel.

Nach einem ausgiebigen Frühstück und etwa fünfzehn Minuten Fahrt erreichten sie den Kurzparkerplatz vor dem Terminal. Calla legte sein Presseschild hinter die Windschutzscheibe, denn auch die Kurzparkerpreise konnten ihn nicht davon abhalten, die gewonnenen Privilegien auszuschöpfen. „Außerdem ist das Parken hier teurer als in Dortmund", monierte er.

Nachdem sie die gesamte Längsseite des Flughafens abgelaufen waren – natürlich hatten sie ihren Wagen am falschen Ende abgestellt – gelangten sie zum Terminal C.
Unter dem Tower befand sich ein zweistöckiges, im einheitlichen Flughafengraublau gehaltenes Gebäude. Durch die Fenster an der Vorderfront konnte man einen Blick in die Büros werfen – viel war offenbar nicht los.
Vor dem Gebäude befand sich ein kleiner Park- und Abstellplatz. Zur Straße hin abgeschirmt war der Vorplatz

durch einen, zum Gebäude farblich korrespondierenden, hohen Metallzaun. Neben *Tor 1a* ermöglichte eine kleine Tür berechtigten Personen den Einlass. In der Säule neben der Tür war ein Codezifferneingabepanel nebst Kartenleser installiert, darüber befand sich ein kleines Schild *Sicherheit* nebst dazugehörigem Klingelknopf.
Paula sah die anderen kurz an und betätigte jenen dann.

Nach etwas zwei Minuten kam ein Kerlchen über den Vorplatz geschlurft, dass die drei missmutig nach deren Begehr befragte. „Wir möchten gerne zum diensthabenden Leiter der Flugsicherung", beschied ihm Calla und hielt dem Mann den zum Windschutzscheibenschild gehörigen Presseausweis unter die Nase und zog ihn so schnell zurück, dass der Missmutige keine Chance hatte, diesen als solchen zu identifizieren.

„Warten sie bitte, ach was, kommen sie gleich mit", lud er die drei Besucher ein, jetzt schon weitaus freundlicher. Sie schlichen durch die verwinkelten Gänge im Flughafen, bis sie an einer Bürostube ankamen, die aussah, wie jede andere Bürostube auch, mit Ausnahme der drei Flachbildmonitore, die an den Wänden flackerten.
Am Schreibtisch saß ein etwa fünfzigjähriger, hagerer Mann mit Schnauzbart. „Was wollen sie?", erkundigte er sich mit schnarrender, unsympathischer Stimme und seine Blicke passten zur Harmonie der Worte.

„Hören sie...", Calla hatte beim Wandern durch die Flughafengebäudegänge genug Zeit gehabt, sich die Worte genau zurechtzulegen, „...wir haben in den letzten Tagen erneut Klagen von Anwohnern bezüglich der Missachtung des Nachtflugverbotes und der Lärmemissionen gehabt. Gestern Nachmittag hat's sogar bei der Spedition Dieckmeyer einige Dachpappen vom Lager gerissen. Der Nachtwächter sagte, er habe das tief fliegende Flugzeug nur hören können, es wäre – jetzt halten sie sich fest – sogar unbeleuchtet gewesen." „Wir haben nur den Auftrag, den Meldungen nachzugehen", ergänzte Paula.

„So ein Quatsch. Hier flattern keine unbeleuchteten Flugzeuge durch die Gegend. Noch nicht mal tagsüber...", begann der Flugsicherungsbeamte sich zu ereifern, „kommen sie mal mit, wir schauen uns das direkt an."
Als er vorweg aus dem Raum stürmte, hatte Paula es gar nicht eilig, mitzuhalten. Der in Rage geratene Mitarbeiter merkte davon nichts.

Nachdem die beiden Männer die Treppe erklommen hatten, öffnete der Flughafenmann mit seiner Zutrittskarte eine Schiebetür und sie gelangten, nachdem sie eine Schleuse passiert hatten, in einen großen Raum mit fünf Arbeitsplätzen. Fünf Köpfe drehten sich zur Tür und schlagartig hörte das Gemurmel in dem Raum auf. Der Mann krallte sich den Jüngling gleich am ersten Tisch und herrschte ihn an: "Die Verkehrspläne und Logs von gestern. Aber hurtig."

Der Junge bekam hektische Flecken im Gesicht und die Finger huschten über die Tastatur des Terminals vor seinen Augen. Kurz darauf regte sich in der Ecke ein Drucker und spuckte nach kurzer Aufwachzeit etliche Seiten Papier aus. Der Vorgesetzte riss die letzte Seite aus dem noch arbeitenden Drucker, ergriff den gesamten Stapel und sprang an den Konferenztisch nebenan. Er wischte die Tassen mit einem Schwung zur Seite, und verteilte das Papier auf dem Tisch und den soeben entstanden Lachen aus kalten, verschütteten Kaffeeresten.

Sein Finger ging die Listen durch: „19:00 Antalya, 20:20 London, 20:35 München…", hier ein paar private Flieger, aber alles kleinere Motorflugzeuge, drei Stück, der letzte um 19:40 Uhr."
„…und gestern Nachmittag?" warf Dago ein. „Gestern Nachmittag war zwischen 14:00 Uhr und 16:30 nichts los hier. Wir hatten starkes Gewitter und Landunter. Das müssten sie doch mitbekommen haben, oder?" wurde der Gastgeber misstrauisch.

Er runzelte die Stirn. „Sind sie etwa gar nicht vom Bundesamt? Sind sie welche von den Molchrettern oder den Initiativenspinnern?" „Nein, nein, so schlimm ist's nicht. Wir sind nur vom Fernsehen", klärte Calla den Aufbrausenden auf. „Aber sie dürfen hier doch ohne Anmeldung gar nicht rein. Und dann geben sie sich auch noch falsch aus", beschwerte sich dieser, als ihm sein Fauxpas offenbar wurde.
„Wir haben uns doch an der Tür angemeldet, und von irgendeinem Amt haben wir auch nichts gesagt", rechtfertigte sich Calla.

„Dann gehen sie bitte jetzt, sonst bekomme ich einen Haufen Ärger", beschied der Beamte ihnen, „und bitte... Kein Wort über mich. Sie sehen ja, hier war eh nix los." Mit diesen Worten schob er sie durch die Zugangsschleuse, an der sie beim Verlassen beinahe mit der eintreffenden Paula kollidierten.
Die drei zogen es vor, den Flughafen möglichst unverzüglich zu verlassen. Sie eilten zum Auto und Calla startete es, nachdem er vorher den sichtbehindernden Verweis auf eine Überschreitung der zulässigen Parkzeit hinten dem Scheibenwischer entfernt und einer seiner Meinung nach ordnungsgemäßen Verwertung zugeführt hatte.

Die Männer zeigten sich sichtlich enttäuscht, da sie nichts erreicht hatten, nur Paula schmunzelte vergnügt. „Ratet mal, was ich gefunden habe?", flötete sich mit geheimnisvollem Unterton ohne die Auflösung zu verraten. Dagos Spannung stieg merklich.

Im Hotel angekommen machten sie daher gar keinen Umweg über die Zimmer, auch die obligatorische Zigarre verschoben sie auf später. Sie setzten sich an den Tisch *Nummer Eins* in einer kleinen Nische direkt neben der Eingangstür und orderten drei Bier, während Paula mit geheimnisvoller Miene die Blätter aus ihrer auch sonst schon üppig genug gefüllten Bluse zog und nach und nach auf dem Tisch aufdeckte.

„Ich hatte das mit dem Entblättern immer anders verstanden", bemerkte Dago zotig, doch dann gewann das Papier seine Aufmerksamkeit wieder.

„Hier, gestern Abend hatten Dückrich, Weyrich und Overberg Dienst", entzifferte Paula das vor ihr liegende Personaldispositionsdiagramm. „Hm... und vor...", Dago musste erst einmal rechnen, „... drei Tagen", identifizierte Dago seine Nachtfahrt über die Autobahnpiste. Paula wühlte minutenlang im Papier, „hier: Erpenhoff, Tautenhahn und Meier, warte mal, Meier ist durchgestrichen – *Weyrich getauscht für Donnerstag* steht da handgeschrieben drüber"
„Also an beiden Tagen, und hier, der hat noch öfter getauscht...", warf Calla ein.

„Ich glaube, den Weyrich sollten wir uns mal vornehmen", sagte Dago. Calla stand auf und verschwand und Paula rückte näher an Dago heran. Fast beiläufig legte sie ihre Hand auf seinen Oberschenkel. Er zog sie noch näher an sich heran.
Als sie gerade unter den Tisch rutschten, kehrte der Chef, schneller als von ihnen gewünscht, mit einem Telefonbuch unter dem Arm zurück. „Erst die Arbeit...", hob er an. „Nun ja, das müssen Eure Eltern Euch noch beibringen. Also: *Weyrich, Horst* wohnt im *Schulenburger Weg*. Ich fress' einen Besen, wenn das nicht das Gehöft von gestern ist. Wir können ja noch mal bei Google Earth schauen. Aber jetzt ist erstmal Zeit für eine schöne *Upmann*", leitete er den angenehmen Teil des Abends ein.

Tod im Hafen

Am nächsten Morgen beschlossen die drei, sich aufzuteilen.

Dago und Paula wollten sich den Hafen von Ladbergen vornehmen, der zwar auf der Karte eingezeichnet war, jedoch von den Dreien bislang mit Nichtbeachtung bedacht worden war. Calla wollte hingegen die alte Arzneimittelfabrik noch einmal aufsuchen.

„Gut, dass wir zwei Autos hier haben", bemerkte Dago. „Ja, und lass das zweite bitte heile", moppterte sein Chef, „ich habe unterschrieben, dass ich das heile zurückbringe."

„Lass mich doch fahren"; schlug Paula vor.
„Was? Das ist ein Jaguar. Der ist teuer", widersprach Calla und erntete dafür ein freundlich gehauchtes „Chauvischwein."

Dago chauffierte den Leihwagen quer durch den alten Ortskern von Ladbergen, kreuzte die Hauptstraße nach Greven und zwei Kilometer weiter hatten sie den Hafen erreicht. Zunächst lagen zur Rechten eine Baustoffhandlung, mehrere Logistikfirmen und weitere Gewerbebetriebe, die von der günstigen Verkehrsanbindung durch Flughafen, Kanal und Autobahn profitierten. Kurz darauf wurde das Umfeld industrieller. Auf dem Damm, hinter dem Dago richtigerweise den Dortmund-Ems-Kanal vermutete, standen mehrere Verladekräne, um die herum Silos gruppiert waren. Anschließend passierten sie ein Carbon-Werk, deren Apparaturen sich weit über die anderen Gebäude – meist alte Holzschuppen oder flache Fertigbauhallen – erhoben. Dann folgte die Zufahrt zum Hafen.

Anschließend säumten noch ein paar kleinere Schrauber- und Handelsbuden die Straße *Am Kanal*, dann zeigte sich wieder das gewohnte Münsterländer Bild mit Kühen und viel, viel Gegend.

„Und, hast du was entdeckt?", fragte Dago. Paula schüttelte den Kopf, „lass uns noch mal zurückfahren und die Hafeneinfahrt nehmen." Sie wendeten den Wagen an der nächsten Ackerzufahrt und bogen auf das Hafengelände ein.
Als sie gerade die geöffneten Schranken passieren wollten, sprang ihnen ein Mann vor das Auto. „Halt, Hafengelände. Was wünschen sie?" Dago registrierte, wie Paula sich suchend umschaute. „Wir wollten mal fragen, ob wir hier ein paar Eimer Sand für den Sandkasten unserer Kinder bekommen könnten", antwortete sie quer durch das Autofont und die heruntergekurbelte Scheibe des Fahrers.
„Na klar", beschied der Mann, „nehmt Euch ruhig was von dem Haufen da, ist ja genug da." Er kehrte in die Baracke neben dem Schlagbaum zurück und setzte sich ans Fenster.

„So, gute Idee übrigens - Also, das mit dem Sand", lobte Dago. „Klar, aber schau mal, der beobachtet uns. Jetzt müssen wir uns wohl auch welchen einladen. Hast du Eimer dabei?" „Nö, aber schließlich hat Chef ja den Mietvertrag unterzeichnet." Sie hielten am Sandhaufen, Dago griff die nächste Schaufel und verfrachtete reichlich Sand direkt und ohne Zwischenbehältnis in den Kofferraum der Nobelkutsche. „So, fertig, jetzt brauchen wir nur noch ein paar Förmchen", sagte er. „Und Kinder", entgegnete Paula und Dago fragte sich, ob es ihr damit wohl tatsächlich ernst sein mochte.

„Schau mal, dort!", wisperte Paula ihm zu und nickte mit dem Kopf Richtung Kanal. Dago platzierte sich günstiger und schaute in die ihm gewiesene Richtung. Auf der Seitenwand einer frisch errichteten Lagerhalle lass er *Thule Logistik*. „Super. Genug Sand haben wir, es wird Zeit für einen Spaziergang."
Sie stiegen ins Auto, winkten dem Schrankenmann freundlich zu und fuhren dann einen kleinen Parkplatz an, der ziemlich bald am Rande der Straße lag.

Hier verlief ein Radweg auf dem Damm längs des Kanals, der den Parkplatz berührte. Sie stiegen aus und erklommen die Böschung über eine ihm Rahmen der Einrichtung eines Nordic-Walking-Parcours neu angelegte Treppenanlage und machten sich auf der Kuppe des Deiches zurück auf den Weg Richtung Hafen. Der Weg ging kurz darauf in ein mit Metallböden belegtes Gleisbett über, das den Hafenkränen als Fortbewegungsbasis diente. Die beiden taten es den vielen Fahrradfahrern gleich, die, so konnte man dem Gummiabrieb auf dem Boden entnehmen, offensichtlich das Schild *Betriebsgelän-*

de – Betreten für Unbefugte verboten geflissentlich ignoriert hatten.

Nachdem sie unter einem der Kräne durch geschritten waren, ein etwas betagtes Modell, dass aus rot-blau lackiertem Holz zusammengezimmert war und bestimmt schon fünfzig Jahre auf dem Buckel hatte, sahen sie besagte Lagerhalle zur Rechten liegen. Direkt daneben befand sich ein abbruchreifes Haus, das bereits vor Jahrzehnten frische Farbe hätte vertragen können.

„Schau mal, das ist der Freye-Mercedes vom Gutshof wieder", sagte Dago. „Offenbar geht's hier am Hafen munter weiter. Gucken?" „Gucken!", bestätigte seine Begleiterin.

Sie lugten um die Ecke und schlichen sich zwischen den gestapelten Materialien aller Art bis an das Gebäude heran. Sie warteten mehrere Minuten und lauschten angestrengt, doch sie konnten nichts vernehmen. „Komm jetzt. Wenn wir hier noch länger stehen bleiben wachsen wir fest und spätestens dann fallen wir auf", sagte Paula und drückte beherzt die Klinke der Eingangstür herunter.

Sie hielten den Atem an, doch noch immer war nichts zu hören. „Los rein!", drängte sie. Beide huschten hinein. Die Türen standen sämtlich offen, die Räume waren, soweit sie es erkennen konnten, leer. Das Obergeschoss bestand fast ausschließlich aus einem großen Raum, in den ein großer Konferenztisch mit zwölf Stühlen stand, von denen einer umgestürzt war. Ansonsten auch hier: Fehlanzeige. „So, nun noch der Keller", bestimmte der Kameramann.

Im Flur fanden sie die Kellertür auf der Rückseite der Treppe, über die sie soeben das Obergeschoss verlassen hatten. Auch diese war nur angelehnt. „Schau mal, Feuer", entdeckte Paula den Widerschein flackernder Flammen auf der Kellerwand. „Oder Kerzen." Paula wusste nicht, was lauter war, ihr Herzschlag oder das Knarren der maroden Kellertreppenstufen. Ein lautes Krachen hallte durch den Keller, unmittelbar gefolgt von einem lauten, schlecht unterdrückten, Fluch. Eine der Stufen hatte der Druckbelastung, die durch Dagos Gewicht in Verbindung mit der Gravitation ausgeübt wurde, nicht standgehalten und war gebrochen. Der Beschwerer zog seinen Fuß aus dem Loch. „Pssst." zischte Paula völlig überflüssigerweise. Sie widerstanden dem plötzlich aufkommenden Fluchtreflex.

Als sie keine Reaktion auf den verursachten Lärm hörten, schlichen sie weiter. Sie bogen nach rechts in den Kellerflur, den sie nur gebückt passieren konnten. Geradeaus konnten sie durch eine offen stehende Tür einen mit einem langen, roten Tischtuch und vielen, teils noch flackernden, Kerzen bedeckten Tisch erkennen. Paula keuchte – erst jetzt entdeckte Dago den Fuß, der unter dem Tischtuch hervorlugte. Dago hob das Tuch hoch und Paula identifizierte den Toten sofort: „Da wird aus dem Verleger ein Umgelegter", konstatierte sie trocken.

Dago bereitete der mystischen Atmosphäre durch Betätigung des Deckenlichtschalters ein jähes Ende. Er schob den Tisch mit einem Ruck zur Seite, so dass einige Kerzen vom Tisch kullerten. Nun konnten sie den Toten näher erkennen.

Freye war gänzlich unbekleidet. Auf seinem Rücken hatte sich jemand mit einem Messer ausgetobt und Symbole eingeritzt. Das Blut war noch nicht ganz getrocknet und hatte schmutzig braune Pfützen auf seinem Rücken und auf dem Boden hinterlassen, die im Lichtschein dumpf glänzten.

„Da war ja ein echter Künstler am Werk", ächzte Dago, „das sieht ja aus wie…" „Runen!", fiel ihm Paula ins Wort. „Hier hat sich jemand mit einem Teppichmesser ordentlich ausgetobt.

Die Kerben, denen das Blut eine bräunlich-rote Farbe gegeben hatte, bildeten Muster aus sich kreuzenden Striche, aus denen sich mythologisch wirkende Symbole bildeten.
Das Blut war teilweise verlaufen, von den Enden der eingeritzten Linien lief das dort gesammelte Blut in dünnen roten Bahnen über die Haut und bildete dort kleine Tümpel, die dann in dünnen Rinnsalen ausfransten.

Irgendjemand hatte so eine Nachricht aufgeschrieben, sie aber gehörten definitiv nicht zum Adressatenkreis.

„Einmal Tarot zum Mitnehmen", Paula zückte Ihr Handy und fotografierte den Toten. „Lass uns rausgehen, ich muss gleich kotzen", jammerte Dago.

Draußen angekommen genoss sie zuerst die frische Luft, während Dago um die Ecke verschwunden war. Als er wieder zurückkam, griff Paula zum Telefon: „Hier, ruf du die Polizei an. Doof genug, wenn die Kollegen meine Nummer auf dem Schirm, noch blöder, wenn die meine Stimme auf Band haben."
Dago teilte dem scheinbar überforderten Beamten mit, was sie gefunden hatten. „Sie können gleich ein paar Leute mitbringen, großes Kino hier", schloss er das Telefonat.

„So, nix wie weg", sagte sie. „Warte mal", bremste er, „das Boot da, ob das wohl unserem Verleger gehört… äh… gehörte? Lass uns mal schauen." „Aber…", versuchte die Fluchtwillige einen Protest, der aber durch gewaltsames Fortziehen unterbunden wurde. Sie waren gerade im Begriff, unter Deck zu verschwinden, als sie Polizeisirenen hörten.

„Ich tauch ab", beschied Paula und verschwand unter Deck.

Zerfetzt

Paula sprang rückwärts die Treppe hinab ins Innere des Bootes. Es dauerte etwas, bis sich ihre Augen an das Dämmerlicht gewöhnt hatten...

Dago ging derweil an Land. „Ich habe sie angerufen", klärte er den uniformierten Beamten auf. „Unten im Keller des Hauses liegt der Verleger Rudolf Freye – ermordet. Kein schöner Anblick." „Warten sie bitte hier", gab der Polizist zurück, winkte seine beiden Kollegen heran und betrat das Haus, während ein weiterer bereits dienstbeflissen mit Flatterband die Zufahrt sperrte, die er allerdings ziemlich bald für den eintreffenden Krankenwagen wieder öffnen musste. „Da runter, könnt Euch Zeit lassen", wies Dago den Sanitätern den Weg.

Kaum hatte er dieses ausgesprochen, riss eine gewaltige Explosion ihn und die Umstehenden zu Boden und entzog sie so wenigstens dem folgenden Splitterregen. Als er wieder die Kontrolle über sich selbst übernehmen konnte – auch die anderen erhoben sie gerade – schaute er sich um. Er wollte schreien, doch es entfuhr ihm nur ein leises Krächzen: An Stelle des Bootes tanzten dessen Trümmer inmitten zahlloser Flammen auf dem Wasser.

Die Fahrtrasse der Kräne war mit Glas und Glasfaserkunststoffsplitter übersät. Verzweifelt lief er zum Ufer und starrte auf das Wasser, dann gaben seine Knie nach, Tränen schossen in seine Augen – Paula war verschwunden - nein, sie war tot. Er registrierte zunächst nicht, wie einer der Polizisten die Hand auf seine Schulter legte und ihn schüttelte. „Was ist passiert, Mann? Sind sie okay?"

Natürlich war er nicht okay. Er hatte sich blödsinnigerweise in Sachen eingemischt, die mehrere Nummern zu groß für ihn waren. Wahnsinnig musste er gewesen sein. Und Paula – die er nicht gut gekannt, aber dennoch geliebt hatte, wie er sich wohl etwas zu spät eingestand – war nicht mehr da.

„Hey sie, geht's?", half ihm der Beamte auf die Beine und zog ihn zum Krankenwagen. Dort übernahm ihn die Krankenwagenbesatzung, die ihn in den KTW verfrachtete. Einer von den Weißkitteln zog aus irgendeiner Jackentasche eine Taschenlampe und leuchtet betriebsam in Dagos Augen, der die Prozedur über sich ergehen ließ, ohne sie zu realisieren. Fast entging ihm, dass sich zwei Polizisten zu ihm gesellten, die ihn wachsam musterten.

„Sie müssen gleich mitkommen aufs Präsidium, sie sind dringend tatverdächtig, Herrn Freye getötet zu haben", sagte der eine. „Vielleicht haben sie auch jemanden, der ihnen schon mal eine Zahnbürste bringen kann", versuchte der andere offenbar witzig zu sein. „Wohl nicht mehr", hörte Dago sich selbst sagen.
Immerhin einen Kaffee für ihn hatten sie irgendwo aufgetrieben, der ihm gut tat.

Die Polizisten führten ihn anschließend vorsichtig in den Streifenwagen, wo sie ihn zunächst unbeachtet sitzen ließen, doch er war ohnehin wie gelähmt.

Abgetaucht

„Meine Fresse…" Unter Deck empfing Paula ein wirres Durcheinander. Die Schubladen waren herausgerissen und ausgeschüttet, selbst das Porzellan lag zerschlagen auf dem noblen Teppichboden. Weinflaschen waren zu Wurfgeschossen umfunktioniert und an die Wände geklatscht worden, die Flecken auf dem Boden erinnerten sie an die jüngst im Keller des nebenan stehenden Hauses vorgefundene Situation. Jedoch vermutete sie, in diesem Boot keinen Toten entdecken zu müssen, wähnte sie doch, dessen Besitzer vorhin erst ermordet aufgefunden zu haben.

Offenbar waren die Eindringlinge bei ihrer Zerstörungsorgie gestört worden – war ihre Ankunft etwa beobachtet worden? - denn im hinteren Teil des Bootes – Paula befand sich nun im Durchgang zur Kapitänskabine - war es noch halbwegs ordentlich. Paula klappte den Deckel des Navigatortisches herauf. „Bingo!" freute sie sich, und entnahm ihm einen Schnellhefter mit maschinengedruckten Zahlen- und Buchstabenkolonnen, den sie zusammenrollte und in die Innentasche ihrer Jacke steckte. Zufrieden wandte sie sich ab, um das Boot zu verlassen.

Ihre Sehnen dehnten sich gefährlich, als sie auf den Rand eines am Boden liegenden Kochtopfes trat. Sie fiel nach hinten und versuchte, sich an einem Wandregal festzuhalten, das jedoch daraufhin samt Inhalt mit ihr gemeinsam zu Boden polterte.

Sie hielt die Luft an. Hatte sie jemand gehört? Nur ein leises Ticken war zu vernehmen, was Paula jedoch eher verunsicherte, als erleichterte. Sie wühlte sich blitzschnell durch die Lagen von Papier, Geschirr und Kleidung, die sich auf dem Boden stapelten und arbeitete sich in Richtung des Geräusches durch.

Aufgetaucht

Er schaute auf. Durch einen Tränenschleier starrte er die Leute an, die sich in einigem Abstand versammelt hatten und gafften, Hafenarbeiter, schockierte Sanitäter und handlungsunfähige Polizisten.

Dann fuhren sie mit ihm fort.

Dago reckte sich. Bequem war die Nacht im Polizeigewahrsam nicht gewesen, aber dennoch nach all den Strapazen erholsam. Acht Stunden mochte er bestimmt geschlafen haben, nachdem er einen mehrstündigen Verhörmarathon hatte über sich ergehen lassen müssen. Seine Trauer ließ er sich nicht anmerken und die Fragerei ließ dieser auch nur bedingt Raum.

Immer wieder hatten sie ihn befragt, nach seinem Namen, seinem Wohnort, dem Beruf und dem Grund seines Hierseins – Urlaub natürlich – solange, bis ihm der Kragen riss, er sie anbrüllte und sie dennoch stoisch ihr Programm durchzogen.

Paula erwähnte er jedoch mit keiner Silbe - ob es daran lag, dass er es nicht schaffte oder es sein Unterbewusstsein nicht wollte, war ihm dabei selbst nicht klar.

Dick und Doof, so taufte er die beiden für sich, waren offenbar alte Hasen. Der Dicke spielte den gemütlichen, freundlichen Typ, während der Lange ihn immer wieder cholerisch anbrüllte – und dabei auch noch spuckte, wie ein Lama.

Was er dort gemacht habe, woher er Freye kenne, warum er ihn umgebracht und dann noch sein Schiff gesprengt habe, fragten sie ihn. Er beteuerte seine Unschuld, was ihn aber dennoch nicht von einer Übernachtung im Polizeigewahrsam bewahrte. Natürlich „nur zu Vorsicht, im Grunde glauben wir ihnen ja" – jedenfalls sagte dieses der Dicke - aber der Staatsanwalt habe sich noch nicht abschließend geäußert, daher könne man nichts machen.

Er saß in einem grün getünchten Raum, dem der Planer sicherlich ursprünglich die Funktion einer Besenkammer zugedacht hatte, an einem kippeligen Tisch, auf dem hunderte Kringel abgesetzter, übergeschwappter Kaffeetassen wie Jahresringe auf dessen hohes Alter schließen ließen. Nichts war wie im Fernsehen - wo große, mit künstlichem Licht vollilluminierte Räume mit dem obligatorischen Spiegelfenster in der Wand den Protagonisten in Szene setzten und stets edel wirkende Kommissare agierten.

Wenigstens versorgten sie ihn gut mit Kaffee - Zigarren waren auf der Wache Mangelware, die ihm angebotenen Zigaretten lehnte er selbstverständlich ab.

„Herr Westphalen, hier ist jemand für sie, der sie mitnehmen will", sagte derjenige, der ihn zuvor geweckt hatte, „warum sagen sie denn nicht, dass sie so'n wichtiges Tier beim Fernsehen sind?"

„Hallo Chef, wieder mal schön, dich zu sehen", sagte Dago und freute sich einen Moment tatsächlich. Dann dachte er an Paula und verstummte wieder.

„Wenn Du noch weiter so grinst, haue ich dir eine aufs Maul!", ereiferte sich der Entlassene. Calla, der schon die ganze Zeit still vor sich hin grinste - völlig unpassenderweise, wie der darüber Erboste befand - zog es nun doch vor, zu reden. „Ich habe interessante Neuigkeiten für dich. Ich war in dieser alten Pharmafabrik in Ladbergen und habe mich dort ein wenig umgeschaut. Die scheinen da ihre Kleiderkammer zu haben, dort lagen tausende von Uniformen rum, schön sauber gefaltet. Ich habe mir mal erlaubt, uns auch damit einzudecken."
„Egal, was bringt das noch. Lass uns abhauen und wieder Reportagen über amoklaufende Kaninchenzüchter drehen", gab der Trauernde resigniert zurück, „wie kommen hier alleine doch nicht weiter."
„Ach ja, Paula hat dazu noch interessante Infos – aber das kann sie dir zusammen mit einer detaillierten Schilderung selbst verklickern."

„Paula?" – hatte er richtig gehört? Bevor er seinem Herz gestattete, vor Freude zu hüpfen, wollte Dago lieber auf Nummer sicher gehen. Sein Chef grinste: „Habe ich das noch nicht erwähnt? Sie sitzt vorm Kamin und bemüht sich, wieder trocken zu werden."

Waldkonferenz

Die Begrüßung war stürmisch gewesen. Sie lagen sich minutenlang in den Armen und Dagos Gemützustand wechselte mehrfach zwischen Weinen und Lachen. Nun hatte er sich wieder beruhigt und die Trauer wich seiner Erschöpfung.

„…und offenbar scheint irgendein Tag X direkt bevorzustehen. In den Akten im Boot sah jedenfalls alles gut vorbereitet aus." Sie griff in den Stapel, der auf dem Kaminsims trocknete, „Hier, den Zettel mit den Handynummern habe ich mitgehen lassen und dann lagen da noch haufenweise Listen mit irgendwelchen Namen und Orten herum. Aber als ich die gerade zusammenfalten wollte, sah ich das tickende Dingen unter dem Tisch."

„Wir können die Handynummern ja mal überprüfen", schlug der Chef dessen ungeachtet vor, „ich habe da ein paar Connections zu den großen Handy-Providern." Bevor die anderen was sagen konnten, griff er sich den Papierstapel. Wenig später kam er grinsend wieder. „Was haben Freye, Finkelsteyn und Weyrich gemeinsam?", fragte er, um sofort die Antwort hinterher zuschieben, „Ihre Handynummern stehen alle auf Seite Eins der Liste. Und schaut mal hier" – er wies auf ein halb zusammengeknüllten Zettel in seiner Linken – „Hammerschlag und Freye hätten heute ein Date gehabt."

„Ich hab' hier aber auch noch was. Hier die Fotos…", mit diesen Worten klickte Paula auf dem Laptop die von der

Handykamera herunter geladenen Bilder mit dem malträtierten Verleger auf den LCD-Schirm. Calla schluckte schockiert, fand dann aber die Fassung wieder: „Also, lesen kann ich das zwar nicht, aber meiner Meinung nach macht man so was nur, wenn man mit dem Betreffenden eine Rechnung offen hat – und zwar eine dicke."

„Vielleicht hielten sie Freye ja für einen Verräter? Oder er hat sie über's Ohr gehauen", mutmaßte Dago.
„Vermutungen führen uns aber zu nichts", gebot Paula besserwisserisch.

„Ich schlage vor, wir statten der Ranch noch einen Besuch ab", empfahl Dago.
Diesmal gelangten sie wesentlich schneller auf das Gelände. Die letzten zwanzig Meter der Zufahrt waren ebenso von Fackeln eingesäumt, wie der große Platz vor dem Haus. Die Glasfront war komplett zur Seite geschoben und die drei konnten direkt in die Tenne sehen, die allerdings eher einer altgermanischen Opferstätte glich.

Am Ende der Wand hing der Thule-Schriftzug vor dem Symbol der schwarzen Sonne - einem heidnischen Sonnenrad, dessen Zickzack-Speichen sich im Mittelpunkt überschneiden und dessen Aufbau aus verdrehten Hakenkreuzen zu bestehen scheint - auf einer goldfarbenen Scheibe. Darunter brannte auf einem Betonklotz eine Flamme in einer flachen Schale, deren flackerndes Licht vom Logountergrund reflektiert wurde. Eingerahmt war das ganze durch zwei herabhängende weiße Banner, auf denen sich eine Odin-Rune in einem gelben Kreis befand.

Paula kannte diese Rune, bestehend aus einem senkrechten Strich, von dessen oberen Teil zwei nach unten rechts abfallende Linien, ähnlich den Haken einer Harpune, abzweigen - aus verschiedenen Berichten ihrer Behörde über Gruppen mit rechtsextremen Gefährdungspotential.

„Wenn das keine Beweise sind…", murmelte Paula, „…dann sind's mindestens Spitzenindizien." Sie zog wieder einmal Ihr Handy aus der Tasche, „…aber vielleicht reicht das ja." Ehe die beiden anderen sie zurückhalten konnten, stürmte sie nach vorne.

Während Dago noch überlegte, ob er ihr folgen sollte, flammte auf dem Dach des Nachbargebäudes, auf dem sie letztens das blaue Licht gesehen hatten, ein Scheinwerfer auf - diesmal jedoch in gleißendem Weiß - und richtete sich direkt auf die junge Frau, die mit Handy im Anschlag vor dem Tor stand und die verdutzt – und wenige Sekunden zu lange – wie gelähmt stehen blieb.

„Hallo Paula, meine Liebe", dröhnte eine schwere, schnarrende Stimme irgendwo aus dem Hintergrund, „schön dich wieder zu sehen. Ich hoffe, du frreust dich auch. Ich habe auf dich gewarrtet."

Dago beobachtete mir Schrecken, wie fünf schwarze Gestalten scheinbar aus dem Nichts auftauchten und die Angesprochene umstellten, bis er merkte, dass jemand nervös an seinem Ärmel zupfte. „Dago, wir müssen weg", flüsterte sein Vorgesetzter und zog ihn zur Seite, hinter den geparkten Mercedes, gerade rechtzeitig, um den inzwischen suchenden Bewegungen des Scheinwerfers zu entgehen.

„Das war von Hammerschlag, das Schwein. Woher kennt der Paula?", ächzte Dago. „Erst mal weg", setzte Calla die Prioritäten, „den Rest erfahren wir schon noch. Jetzt können wir hier sowieso nichts ausrichten."
Die beiden kehrten so schnell es ging, in den Wald zurück, rannten zur Straße und starteten den Wagen.

„Lass die Lichter aus", riet Dago. „Es ist stockdunkel", protestierte Calla, folgte aber dem Ratschlag seines Kollegen und sie rollten über die Landstraße auf den nahen Damm. Erst hier trauten sie sich, das Licht einzuschalten, und dieses war für die Hochgeschwindigkeitsfahrt, die nun folgte, auch unbedingt anzuraten.

Sie parkten das Auto im hintersten Winkel des Hotelparkplatzes. Drinnen ließen sie auch dieses Mal den gemütlichen Ausklang ausfallen und berieten sich gleich in Callas Zimmer.

„Dieses Arschloch von General kannte Paula wohl recht gut. Die steckt wohl tiefer drin, als sie uns gesagt hat." grollte Dago und ärgerte sich, dass in dieser Situation Misstrauen und Eifersucht von ihm Besitz ergriffen. Er schüttelte den Kopf, als wollte er die Gedanken verjagen und leitete dann murmelnd zum eigentlichen Thema über: „Es sah ja fast so aus, als würden die einen Gottesdienst abhalten."

„Vielleicht machen die das immer so, wenn sie ein Autobahnteilstück fertig haben", versuchte Calla witzig zu sein, verstummte aber, als Dago ihm zuerst wütend, dann zunehmend aufgeregt am Kragen riss. „Was sagst du da? Wieso fertig?", fragte er aufgeregt. „Während du geruhsam im Polizeirevier gesessen hast, haben wir gemütlich gefrühstückt und Zeitung gelesen." Calla entwand sich geschickt und entging damit wahrscheinlich nur knapp seinem Erstickungstod, „darin steht, dass die Autobahn am Wochenende wieder komplett dem Verkehr übergeben wird. Und das wäre ab heute Nacht bis spätestens übermorgen."

Statt einer Antwort fing Dago nach kurzer Pause hektisch an, den Papierhaufen auf dem kleinen Beistelltisch zu durchforsten, den er soeben durch das Auskippen von Callas Tasche produziert hatte. „Bist du übergeschnappt? Kann ich mal fragen, was du da machst?", fragte der Tascheninhaber halb besorgt, halb verärgert.

„Wo sind die Dienstpläne vom Flughafen?", fragte Dago, dessen Gesichtsfarbe nun ein bedenkliches Dunkelrot angenommen hatte. „Hier!", mit einem geschickten Griff zog Calla die Papiere aus seiner Nachtischschublade, die Dago ihm umgehend entriss. „Da, dieser Weyrich hat heute ab Mitternacht wieder Schicht, da passiert doch noch was. Wir müssen uns dringend den Flughafen vornehmen, ich meine den auf der Autobahn", entfaltete er heftigsten Aktionismus.

Sein Chef bremste ihn: „Bis dahin sind es noch mindestens zwei Stunden. Ruhig Blut. Lass uns lieber erst nachdenken und einen Plan zurechtlegen."

Entführt

„Hallo Paula, mein Schatz", Hammerschlag zog die Angesprochene an sich. Nur durch reaktionsschnelles Wegdrehen konnte sie den fettigen Lippen von Hammerschlags entkommen, der Ihr so nur einen misslungenen Kuss auf die Wange verpassen konnte, „zierr dich nicht!" „Hau ab, du Schwein", gab sie zurück. Seine Stimme mit dem perversen, antrainierten, rollenden R lief ihr auch jetzt, wie schon damals, eiskalt den Rücken herunter.

„Du willst mich doch immer noch, sonst wärest du mir ja nicht hinterhergerreist", feixte der General, „ich habe sogar ein hübsches Zimmerr für dich." Mit diesen Worten schubste er sie in den Raum. „Du bist dort in guterr Gesellschaft, mach keinen Unsinn", höhnte er, als er die Metalltür zuschlug.

Es herrschte Dämmerlicht und es stank nach altem Lampenöl. Das flackernde Kerzenlicht von etwa einem halben Dutzend Lampen hatte kaum eine Chance, gegen die dunklen, rußgeschwärzten Wände zu gewinnen.

Als sich ihre Augen an die Dunkelheit gewöhnt hatten, sah sie an der Seite der gegenüberliegenden Wand einen Mann lehnen, der sie mit ausdruckslosen Augen anstarrte, jedoch nichts sagte. Bei näherem Hinsehen bemerkte sie, dass der Mann auf einem Strohballen saß, ein weiterer neben ihm bedeutete die einzige Möglichkeit für sie, sich zu setzen.

„Setz dich nur hin, es wird sicherlich länger dauern", sagte der Mann in Schwarz endlich, „Gestatten: Echterloh mein Name."
„Ach was", fauchte Paula, „gehören sie nicht auch zu dem Clübchen?"
„Wie man's nimmt", erwiderte er, „sagen wir mal so: Ich war fehlgeleitet. Hmm ja, ich habe das immerhin erkannt - mit dem Ergebnis, dass ich hier unten im Loch sitze."
„Aha, ich kann's kaum glauben", äußerte sie sich skeptisch, „wie sind sie denn als Diener Gottes zu dem Odin-Verein gekommen?"
„Hmm ja, in Paderborn hatten wir eine kleine Gruppen von Patern, die mich das eine oder andere Mal zu ihren Treffen eingeladen haben, obwohl ich nicht wirklich dazugehörte, offenbar haben die in mir einen leicht beeinflussbaren Menschen gesehen – mit Recht, wie mir jetzt scheint. Hmm ja, dann fanden so seltsame Veranstaltungen dieser Loge statt. Die schwarzen Brüder, so nannten sie sich, trafen sich dann auch immer häufiger mit den Thule-Leuten, oftmals auch direkt an der Wewelsburg oder in einem Gasthofkeller bei Bad Meinberg in der Nähe der Externsteine, wissen sie, von Paderborn ist beides nur einen Katzensprung entfernt."

„Und warum haben sie da dann noch mitgemacht?" wollte Paula wissen, „Ausgerechnet sie wollen mir das Unschuldslamm vorspielen?"
„Hmm ja, diese Brüder hatten nicht unerheblich Einfluss. Ich selber habe in dieser kurzen Zeit keinen unerheblichen Sprung nach oben gemacht, bis hin zum Leiter der Abteilung 1 des Bereiches Finanzen, also damit auch der

Vermögensverwaltung. Das wollte ich nicht so einfach aufs Spiel setzen. Außerdem habe ich erst recht spät gemerkt, worauf das ganze hinauslief. Und aktiv gewehrt habe ich mich erst vor etwa einer Woche. Zwei Tage davon sitze ich schon hier unten."

„Sie tun mir leid", bemerkte Paula spöttisch.
Aber der Pfarrer schien froh zu sein, dass er jemanden zum Reden hatte, denn er fuhr unbeirrt fort, ohne sich von Paulas Unterton aus der Ruhe bringen zu lassen: „Natürlich wollten sie auch was. Zum einen sollte ich weitere Kontakte heranschaffen, zum anderen war ich auch für die Vergabe von Grundstücken und von Ländereien zuständig. Sie müssen wissen, dass die Kirche viele davon besitzt, sie aber eigentlich gar nicht braucht. Also habe ich denen verschiedene Unterkünfte und Lagermöglichkeiten beschafft, ohne damals gewusst zu haben, wofür die das benötigen – wahrscheinlich wollte ich es auch nicht wissen.

Ein Teil haben die Brüder für ihren so genannten Orden abbekommen, ein Teil wurde vermietet und ein anderer einfach so genutzt, das fiel ohnehin niemandem auf.
Bis zu einem Treffen in der letzten Woche ging ich noch davon aus, dass diese ganze Geschichte einen religiösen Hintergrund hatte, so wurde das verkauft und so sehen sich bestimmt auch noch viele, die dabei sind, aber dann wurde ganz klar, dass das kein etwas überzogenen Bruderschaftsgetue ist, sondern dass da ein Krieg angezettelt werden soll – die wollen nicht das Himmelreich, die wollen Berlin. Die ganze Zeit schon. Freye und ich

haben versucht, sie zu stoppen. Hmm ja, der hat zwar auch ganz vorne mitgemischt, dann mitbekommen, dass auch er nur Mittel zum Zweck war. Er hat Hammerschlag gedroht, die ganze Aktion auffliegen zu lassen, alles zu veröffentlichen, was er weiß. Bis gestern war er noch hier unten, keine Ahnung, wo er jetzt steckt. Ich hoffe, er hat seine Drohung wahr gemacht."

„Freye ist tot. Ich habe ihn gestern gefunden", schockte Paula, mehr Details sparte sie sich, um Echterloh nicht noch weiter zu ängstigen. Anschließend schwiegen sich beide an.

Sie mochten damit wohl etwa zwei Stunden verbracht haben, als das Schloss zurückschnackte und von Hammerschlag mit drei schwarz gekleideten Helfern in der Tür stand. „Mitkommen, beide."

Plötzlich kreischte Echterloh los: „Nein, tut mir nichts. Ich werde Euch unterstützen. Bedingungslos." „Zu spät, du bist rraus", sagte der General kalt.

Oben geleiteten die Schergen den Kirchenmann weiter den Korridor entlang. Hammerschlag schubst eine seitliche Tür auf und Paula hinterher.
„Wo bringt Ihr ihn hin?", fragte Paula.
Der General zuckte die Schultern, „Gottes Wege sind unergründlich."

„Du bist noch genau so ein brutales Arsch wie früher", entfuhr es Paula. „Aber du hast mich mal geliebt", ent-

gegnete Hammerschlag, „und deshalb bin ich gerrne bereit, dir noch eine Chance zu geben. Ich weiß, was du kannst, Mädchen, und ein Teil davon kannst du unserer Sache beisteuern, über den anderen unterhalten wir uns, wenn wir ungestört sind."
„Niemals", empörte sich die Staatsdienerin außer Dienst.
„Du bist immer noch zu gut für diese Welt., gab er zurück, „Genau wie damals. Du hängst den falschen Idealen nach. Nicht unseren. Wir waren ein gutes Team, erinnerst du dich. Wir hätten schon damals weit vorne sein können, wenn du nicht das Leben dieser Gutmenschen und Deine Skrrupel über unsere Sache gestellt hättest. Aber gut: Also, was sind das für Leute, mit denen du dich in der letzten Zeit rrumgetrieben hast? Ihr habt reichlich Staub aufgewirbelt – das schadet uns. Gerade jetzt."

„Leck mich", stieß Paula hervor. „Später!", Hammerschlag schlug Ihr unvermittelt mit der flachen Hand so fest ins Gesicht, dass ihre Lippe aufplatzte und sie durch den halben Raum flog, „Du wirst mir noch aus der Hand fressen, warte es ab. Bald."

„Brring sie weg!" bedeutete er der Wache, die die ganze Zeit vor der Tür gestanden haben musste und durch das Gepolter aufmerksam wurde und hinein lugte, „Im Moment habe ich keine Zeit für sie." „Im Moment!" wiederholte er bedrohlich und stürmte aus dem Verlies.

Die Wache brachte ihr noch eine PET-Flasche mit Wasser und wollte gerade die Tür schließen, als Paula ihre Chance gekommen sah.

Als sich der Mann noch einmal nach ihr umdrehte, rammte sie ihm mit aller Kraft Ihr Knie in die Weichteile. Während der Getroffene mit einem Laut zusammensackte, als würde sämtliche Luft entweichen, hieb Paula ihm gekonnt mit der Faust und abgespreiztem Daumen direkt auf die Nervenstränge, die sich über dessen Schulter den Arm herabzogen – äußerst effizient – und schmerzhaft. Dann lief sie los. Am Ende des Ganges öffnete sie die Tür und stand draußen auf dem nur schwach beleuchteten Hof. Sie warf sich zur Seite, um vor dem hellen Hintergrund der Flurbeleuchtung nicht aufzufallen und robbte hinter den schweren Wagen des Generals.

„Die Sau ist tot", hörte sie eine proletenhafte Stimme tönen, die von rechts kam. Aus einem Nebengebäude, das offenbar mal als Stall genutzt wurde, schritten drei Gestalten. Eigentlich hatte Paula vorgehabt, einfach wegzulaufen, weg von Hammerschlag, in den Wald. Doch die Worte hielten sie zurück. Die Männer waren noch nicht über den Hof gegangen, als sie bereits in das Gebäude schlüpfte, noch ehe die Tür zuschlug. Was sie sah, ließ Ihr das Blut in den Adern gefrieren. Der Mann, mit dem sie sich eben noch unterhalten hatte, hing mit Seilen, die um seine Arme geschlungen waren, unter einem Querbalken.
Unter ihm brannten zwölf, im Kreis angeordnete, Kerzen, die auf einer Betonplatte standen. In der Mitte befand

sich ein Loch, durch das nun das Blut ablief, das von seinen Füßen herab tropfte – nein – herab lief. Im Gegensatz zum Schlachtfest an Freye hatten sie sich noch nicht einmal die Mühe gemacht, ihn auszuziehen, sondern die Robe und die Haut gleichermaßen durch Schnitte zerfetzt.

„Früher hat man hier die Schweinehälften aufgehangen", hörte sie eine brutale Stimme – direkt hinter ihr.
Wie ein Schraubstock spannten sich Arme von hinten um ihren Brustkorb und drückten zu, bis sie der Bewusstlosigkeit nahe war. Sie strampelte etwas mit den Beinen, doch zeigte sich der Bulle davon unbeeindruckt. Er lockerte sogar etwas den Griff und tastete mit einer Hand auf ihrem Körper herum, betatschte ihre Brüste, grabschte dort eine Weile herum und wanderten von da an abwärts. „Sieht so aus, als gäb's heute noch Frischfleisch", rief er jemandem zu, den Paula nicht sehen konnte, offenbar lauerten hinter ihm noch Weitere, wie sie dem Gekicher entnahm.
„Los, wehr dich noch ein bisschen", raunte er ihr zu, „das macht mich richtig geil!" Seine Zunge schnalzte über ihr Ohr.

Als er die Hand gerade zwischen ihre Beine schieben wollte, lockerte sich der Schraubstock abrupt und der Mann wirbelte einige Meter umher und landete zwischen den Kerzen auf dem blutigen Beton.

„Lasst die Finger von Ihr, die gehört mirr. Noch jedenfalls!", fauchte Hammerschlag, und zu Paula gewannt, die auf den Boden gesackt war, sagte er sanft: „Siehst du nun, dass ich dich beschützen muss?"

Dann ergriff er roh ihren Arm, riss sie nach oben und schob sie zurück in ihr Verließ. „Wenn du das noch mal machst, dann werrfe ich dich den Jungs zur Verwertung vor. Und dann werde ich ihnen nicht mehr sagen, was sie zu tun haben und was nicht."

Er schob sie zurück in ihr Verließ und schlug die Tür zu. Paula sackte aufs Stroh und schluchzte.

Unter Feinden

Zwei Stunden später parkten die beiden Männer ihr Auto auf dem Stellplatz des nahe gelegenen Campingparks, direkt an der Autobahnbrücke.

Nachdem sie aus dem Wirkungsbereich der Dampflampenlichtkegel entschwunden waren, wurde es stockdunkel. Sie schlugen sich ins Gebüsch und zogen die beiden Uniformen an, die der Fernsehchef am Tag zuvor aus der alten Fabrik mitgebracht hatte. So ausgestattet überquerten sie die Autobahnbrücke, von der aus sie schon die hektische Betriebsamkeit auf dem Rastplatz erkennen konnten. Ansonsten lag die Autobahn verlassen im Mondlicht.

Der Kameramann deponierte seine Kamera in einem Busch an der Rückseite des Rastplatzes und richtete sie so aus, dass sie einen Teil des Parkplatzes erfassen konnte. „Wohlan", stieß er hervor und drückte die Aufnahme-Taste.

Sie erreichten das Toilettenhäuschen, und gingen zielstrebig auf die mittlere, mit dem Hochspannungssymbol beschriftete, Tür zu, die bei Dagos letztem Besuch so häufig frequentiert wurde. Sie schlossen sich dort einer gerade eintreffenden, mit identischer Kleidung ausgestatteten, Gruppe an. Hinter der Tür gelangten sie direkt in ein Treppenhaus, das sich zwei Stockwerke nach unten erstreckte und von dessen Treppenabsätzen Metalltüren rechts und links abzweigten.

Unten angekommen, gelangten sie im Pulk durch die rechte Tür in einen Gang, an dessen Ende sie einen großen Raum betraten, der Platz für etwa zwei Dutzend Personen bot.

Die Kopfseite des Raumes war mit großen Monitoren gepflastert, auf denen verschiedene Karten mit blinkenden Symbolen, langen Zahlen- und Buchstabenkolonnen, Kamerabilder und Bildschirmschoner mit Thule-Logo leuchteten.

Dago musterte die Monitore. Auf einem der Bildschirme sah er einen Radarschirm, der rechts unten das Kürzel FMO, die Abkürzung für den Flughafen Münster-Osnabrück, trug. Offenbar hatten die Verschwörer eine direkte Anbindung an die entsprechende Technik des Flughafens.

Auf einem anderen Schirm konnte er mehrere Landkarten ausmachen. Dort leuchteten an verschiedenen Orten kleine Logos auf, darunter, so erkannte Dago, Berlin, München und – er war eigentlich nur wenig verwundert – Ladbergen. Überrascht war er, als er sein letztjähriges Urlaubsziel erkannte. Eine der Lampen auf der großen Karte zeigte tatsächlich einen Ort mitten im Atlantik, irgendwo auf den Kanaren. Das Kürzel FUE bestätigte seine Vermutung.

Während sich die beiden noch wunderten, ertönte plötzlich ein schriller Klingelton und die Beleuchtung wurde stark herunter gedimmt und nahm einen rötlichen Ton an. Die vorher herrschende Plauderei verstummte augenblicklich und die noch stehenden Mitarbeiter suchten eiligst ihre Plätze auf. „Macht schon", herrschte einer die beiden Besucher an. „Nichts wie weg, oder weißt du, wo du hin solltest?", drängte Calla seinen Begleiter zum Aufbruch.

Beide eilten durch das Treppenhaus nach oben. „Aufmachen, schnell!" bedeuteten sie den beiden an der Ausgangstür postierten Wachen, von denen sie mit fragendem Blick gemustert wurden, dann jedoch klickte das Schloss auf und sie standen draußen.

Kaum hatten sie sich hinter den Büschen versteckt, als auch schon ein helles Kreischen zu hören war, das sich schnell näherte. Dann hörten sie ein kurzes Rumpeln und etwa eine halbe Minute später schob sich ein olivegrün lackiertes Monstrum mit zwei Propellern auf die eigentlichen LKW-Stellplätze. Mit dem schweren Rumpf kurz über dem Boden wirkte das Flugzeug eher klobig als flugtauglich und die Enden der Tragflächen kamen der Vegetation an den Seiten der Piste bedrohlich nahe. „Eine Transall, glaube ich, einfach riesig", wisperte Calla und nickte Richtung Kamera, „Hast du das wenigstens drauf?"
Dago zuckte sprachlos die Schultern.

Sofort eilten ein Dutzend Gestalten auf das Flugzeug zu. Nachdem einer von ihnen einige hastige Worte in sein Funkgerät gebellt hatte, schoben sich mehrere LKW aus dem Hintergrund zur Maschine hin. Einige der Männer begannen routiniert damit, das Fluggerät mit Kisten und Fässern zu beladen, weitere tankten es auf und nutzten dazu die von Dago schon vor Tagen begutachteten Schlauchstutzen hinter dem Häuschen.

Der Spuk dauerte nur wenige Minuten, dann wurde das Flugzeug an einen kleinen Jeep gehangen und gedreht. Es nahm Fahrt auf und entschwand sodann wieder mit lautem Getöse.

Keine Spur von den Hauptakteuren oder gar von Paula.

Als sie sich gerade fragten, ob sie wohl noch lange verharren müssten, quollen die unterirdisch Beschäftigten durch die Tür auf den Platz. „Nichts wie weg, da passiert nichts mehr", drängte Calla und die beiden machten sich grübelnd und niedergeschlagen auf den Weg zum Auto. „Hoffentlich haben wir das wenigstens auf Band", hoffte Dago.

„Was ist wohl mit Paula los?", fragte Dago mehr sich als seinen Mitstreiter, der ihm aufmunternd auf die Schulter klopfte. „Weggeflogen ist sie jedenfalls nicht", sagte Calla, „aber lass uns jetzt mal die übrig gebliebenen paar Stunden nutzen, um noch zu schlafen und dann suchen wir weiter. Ich würde sagen, wir nehmen uns dann den Hafen vor." Widerwillig folgte der Videojockey ihm.

Sie fuhren zurück ins Hotel und obwohl er nicht damit gerechnet hatte, schlief auch Dago sofort ein und musste sich am nächsten Morgen von seinem Chef wecken lassen.

Befreiung

Nach einem Kurzfrühstück, bestehend aus drei Brötchen, die jeder von ihnen trocken im Auto verschlungen hatte, fuhren die beiden zum Hafen.

Sie parkten den Jaguar wieder am allgemeinen Parkplatz und gingen vorsichtig den Weg am Kanal entlang zum Schauplatz.

Die leise vorbeiziehenden Frachtkähne hätten unter anderen Umständen ein idyllisches Bild für die beiden abgegeben. Die Sonne strahle auch heute wieder mit voller Kraft und das Wasser reflektierte ihre Strahlen mit einem beinahe hypnotischen Glitzern auf ihre Netzhaut.

Als sie den alten Ladekran unterquert hatten und sich hinter seinen Streben zur Beobachtung niederkauerten, sahen sie kurz vor sich einen Mann in einer weißen Uniform, die eher in den Hafen von Monaco gepasst hätte, als in diesen Industriehafen. Der Mann stand am Hafenrand und starrte auf das Wasser.

Direkt daneben hatte eine große, etwas heruntergekommene Yacht festgemacht, an deren Deck sich der Uniformierte schob, nachdem er seine Zigarettenkippe ins Wasser geschnippt hatte.

„Ich würde mich echt wundern, wenn das nicht wieder unsere Freund wären." raunte Calla. „Tatsache, das Schiff heißt treffenderweise *Atlantis* – das Thule der

Germanen. Und wetten, dass Paula da drauf ist?", hoffte er.

Knappe zehn Minuten später hörte Calla ein unangenehmes Geräusch – eine Mischung aus zerberstendem Kunststoff und zersplitterndem Glas. Obwohl er damit gerechnet hatte, zuckte er zusammen.

Gleichzeitig sah er, wie Trümmerteile auf die Hafenmauer segelten. Ein völlig entsetzter Kapitän eilte – wie von den beiden erhofft: vom Schiff und begutachtete das Deck, auf dem die eigentliche Sonnenplattform mit den Liegestühlchen nun einer deformierte Masse Plaste gewichen war.

Mitten in dem Ensemble steckte ein Greifer, wie ihn Ladekräne benutzen und – in der Tat – folgte man der Kette weiter nach oben gelangte man zum feixenden Dago, der sich als Kranführer betätigt hatte. „Du Drecksau, kannst du nicht aufpassen", tönte der Kapitän unsinnigerweise nach oben.

„Ich hab's auch gesehen", sagte Calla freundlich, „und ich glaube, er hat's mit Absicht gemacht!" Mit diesen Worten rammte ihm Calla volle Pulle sein Knie in den Unterleib und warf ihn mit einer schnellen Bewegung in den Kanal.
„Pass auf, dass er nicht absäuft", rief Dago, der gerade die Leiter herabkletterte, ihm zu, und rannte schon über die Gangway an Bord.

Calla postierte sich am Kanalrand, doch der Kapitän schien genug zu haben und durchschwamm – allen Schmerzen und den Verboten der Schifffahrtsbehörde zum Trotz - den Kanal zur anderen Seite.

Unter Deck hörte Dago schon das Knacken des Materials der furnierten Holztür, gegen die Paula sich warf. Dago stellte sich an die andere Seite der Tür und fragte eine Spur zu laut und zu bedrohlich: „Na, darf ich dich befreien, oder willst du auf deinen General warten?" Mehr Eifersucht als geplant tropfte aus seiner Stimme.

Die Tür riss mit lauten Krachen aus dem Rahmen. „Du Arsch. Die ganze Zeit habe ich gedacht, ich wäre froh, dich zu sehen. Und ausgerechnet jetzt kommst du mir so."
Sie rempelte ihn zur Seite und stürmte zornentbrannt an ihm vorbei.
„Paula…", versuchte Dago noch zu retten. Vergeblich.

Sturm über Brochterbeck

„So, jetzt wird's aber Zeit, die Sache weiterzugeben", sagte Calla. „Mal sehen, was unsere grünen Freunde in Ladbergen zu der Sache sagen."

Zwischen Paula und Dago herrschte eisiges Schweigen, so dass Calla es nun übernommen hatte, den Fortgang der Dinge zu bestimmen.

Sie fuhren nach Ladbergen, bogen hinter dem Kreisverkehr links ab, indem sie dem Hinweisschild *Polizei* folgten, und erreichten das Verwaltungsgebäude im Friedenspark. Die Wachstube – die Bezeichnung war äußerst zutreffend – entdeckten sie hinter einem Nebeneingang hinter einer unscheinbaren Tür im Keller.

Ein einsamer, natürlich schnauzbärtiger, Polizist polierte gerade seinen Gummibaum und erschrak ob des unerwarteten Besuchs. Paula schilderte im Groben die Ergebnisse der Recherchen und die Erlebnisse der letzten Tage. Als die Namen der Beteiligten fielen, versuchte der Beamte abzuwiegeln: „Nein, das ist eine Nummer zu groß für mich."

„Wissen sie was, dann lassen sie den Hörer jetzt liegen und wir telefonieren mit Steinfurt. Dann werden wir ja sehen, wer demnächst auf ihrem Stuhl sitzt." „Jaja, ist ja gut. Ich möchte sie aber bitten, draußen zu warten", maulte der Beamte und schob die Drei vor die Tür.

Nach einer halben Stunde trat der Mann vor das Portal, zwar angespannt wirkend, aber offenbar nun besser gelaunt. „Okay, meine Dame, meine Herren, der Showdown beginnt in Kürze. Wenn sie so gütig wären, mir zu folgen. Die Kollegen vom KK-31 aus Greven und ein paar Freunde können es kaum erwarten, ihre Bekanntschaft zu machen. Außerdem wollen sie doch dabei sein, oder?"

„Ich hole erst meine Kamera", murmelte Dago, "und komme dann nach. Ich nehme Dein Auto, Calla, ist doch okay?" „Jaja", der Angesprochene zuckte resigniert mit den Schultern, „lass es aber überwiegend heile…"

Dago verschwand, während Calla und Paula in den Privatkamaro des Polizisten stiegen, „der Streifenwagen ist schon vor einem Jahr liegen geblieben, seitdem warten wir hier auf Ersatz." Er flanschte das Blaulicht auf das Autodach und fuhr los. Die Sirene schaltete er erst am Kreisverkehr an, denn „um die Zeit ist im Seniorenheim nebenan Mittagsruhe."

Für die Fahrt bis nach Brochterbeck brauchten sie nur etwa zehn Minuten. Als sie den Kreisverkehr vor dem Ort erreichten, schaltete er die Sirene wieder aus und pflückte die Lampe vom Auto. Als sie dort ankamen, lag die Fabrik scheinbar verlassen da. „Wir bleiben hier am Tor", beschloss der Polizist, „und warten auf den Rest."

Nervös kaute Paula an ihren Fingernägeln, „jetzt ist schon eine Stunde um. Sind sie sicher, dass noch jemand kommt?" Bevor der Beamte was sagen konnte, schnarrte

das bislang stille Funkgerät. „Teuto 1, 2 und 5. Alle bereit?"
Ein weißer Hubschrauber, der sich aus der Tarnung eines weißen Wolkenbandes heraus schob, näherte sich der Szenerie. „Los!" schrie das Funkgerät. Aus dem Hubschrauber begannen acht Gestalten, sich an Seilen auf das Dach des Gebäudes herunterzulassen.

Bevor sie registrieren konnten, was geschah, stürmten von allen Seiten dunkelgrün gekleidete und schwer bewaffnete Kämpfer auf das Gebäude zu.

Beinahe hätte Calla applaudiert. Dass etwas schief ging, stellten sie erst fest, als der erste Mann vom Dach kippte und dumpf auf der Überdachung der Laderampe aufschlug. „Wir werden beschossen", jaulte das Funkgerät, gleichzeitig kippte der Hubschrauber zur Seite. Zuerst berührten die Rotorblätter den Boden und spritzten zur Seite, dann sprang der Rest des Fluggerätes kurz über den Boden, bevor es zerplatzte.
Ein Stück weiter schossen auf der Parkfläche ein paar Sprengfontänen in die Höhe, offenbar wurden vergrabene Sprengladungen gezündet. Eine Sirene rasselte schrill.

„Zurück, zurück!" befahl die blecherne Stimme, zwei gute Minuten nach dem ersten Kommando, aus dem Lautsprecher, „Einsatz abbrechen!" Am Einfahrtstor versammelten sich ein gutes Dutzend Uniformierte, auch Paula, Calla und der Polizist hatten den Wagen verlassen. Ein dunkler Transporter fuhr vor, drei mehr oder weniger zivil gekleidete Männer sprangen heraus.

„Die haben uns erwartet", brüllte einer von ihnen, „wo sind die drei Presseheinis." „Einer ist hier", meldete sich Calla. Und die anderen beiden? „Der andere Heini holt gerade seine Kamera. Für die Dame hier übernehme ich keine Gewähr, die ist nämlich aus ihrem Verein."

Paula starrte ihn mit offenem Mund an. „Du Arsch!", entfuhr es ihr. „Ich weiß jedenfalls, was ich die letzten Stunden getan habe und was nicht", entglitt Calla die Chance zur Wiedergutmachung.
„Heinz, kümmere dich mal um die Frau", pfiff der Wichtigtuer einen seiner Schergen heran, der sie irritiert anschaute.

„Was soll das? Wir haben die ganze Zeit mit ihrem Kollegen im Auto gesessen, während sie dort Ihr Tänzchen abgezogen haben", erwiderte Paula.

„Wir haben acht Posten rund um das Haus aufgestellt", erstattete einer der Männer gerade Bericht, der anhand seiner Armbinde als offenbar wichtiger einzustufen war, „Der Heli ist futsch, was mit dem Piloten ist, wissen wir nicht. Drei Leute sind verletzt, Hajo, Pit und Klaus."

Vom Gelände der Fabrik dröhnten mehrere Motoren: „Die wollen abhauen!" Ein Rolltor schob sich nach oben und Feuersalven blitzten aus dem Eingang, offenbar in Richtung der Posten abgefeuert. „Deckung", blecherte es aus dem Funkgerät und aus dem Mund seines armbindetragenden Nachbarn. Plötzlich schoss eine gewaltige

Stichflamme aus der Durchfahrt und eine Detonation riss die Autos um, die diese gerade verließen. Feuerfontänen schossen über das Gelände und verwandelten die Umgebung in ein Flammenmeer. „Wir brauchen dringend die Feuerwehr", bellte sein Nachbar, „auf der anderen Seite stehen überall Häuser." Der vor dem Werk abgestellte Tankwagen explodierte, das Wrack schoss auf die Gruppe von Polizisten zu, die explosionsartig auseinander stob, blieb dann aber gerade noch rechtzeitig liegen.

„Stürmen, wo's geht", befahl Armbinde wenig professionell. Die Truppe schwärmte aus und in den nächsten Minuten waren hier und da Schüsse zu hören.

„Schade, dass Dago nicht hier ist, der kann wieder nur die Feuerwehr filmen", raunte Calla, „und dafür die ganze Arbeit." Seine Worte blieben unerwidert.

Ein Motor heulte auf und durch die Feuerwand brach ein Auto und zwang sie zu einem Sprung auf die Seite. „Das waren Finkelsteyn und noch jemand", brüllte Paula. „Die hauen ab."
Ein zweiter Wagen sprang mit lautem Gehupe durch die Flammen wir ein Löwe durch den Ring. „War das nicht Dago?" fragte Calla, der gerade aus den Brennnesseln robbte.

Paula nickte.
„Ich werde mich bei ihm entschuldigen", sagte Calla.
„Fang besser erst mal bei mir an", zischte Paula böse zurück.

Flug nach nirgendwo

Dago war im Hotel angekommen, er rannte in sein Zimmer, schulterte die Kamera und lief wieder herunter. Kurz vor dem Ende der Treppe überschlug er sich, stand auf und hoffte, dass die Kamera ihm den Sturz verzeihen würde. Er schwang sich in Callas Auto und raste los.

Allem Jagdfieber zum Trotz drehten sich seine Gedanken um Paula. Was zum Teufel hatte ihn eigentlich dazu gebracht, sie derartig anzugreifen? Zum einen sicherlich die Eifersucht auf diesen Hammerschlag, aber war das alles? Steckte sie doch mit *denen* unter einer Decke? Liebte sie ihn nun wirklich oder war er gar nur Mittel zum Zweck?
Er verbot sich, hier weiterzudenken, jedenfalls fürs Erste. Er war schließlich Profi und musste sich auf seine eigentliche Arbeit konzentrieren, auf das, was demnächst in diesem verschlafenen Kaff passieren würde. Und er würde es auf Band haben. Exklusiv!

Hätte er das Navigationssystem nicht benutzt, wäre er in Brochterbeck wahrscheinlich nicht falsch abgebogen. So merkte er erst etwas zu spät, dass er den falschen Weg erwischt hatte, als ihm die blecherne Stimme verkündete, er möge bitte rechts abbiegen. Er ging in die Eisen, doch dort schlängelte sich nur ein ausgelatschter Fußweg durchs Gehölz. Als sich der Staub gelegt hatte, konnte er zur Rechten direkt das Gebäude sehen. In der Ferne sah er einen Hubschrauber herannahen. Er tippt kurz aufs

Gas uns setzte das Auto in Höhe einer Baumreihe, die direkt auf die Fabrik zuführte, in den Acker.

Er riss die Kamera vom Rücksitz und eilte über den Feldweg hinter der Baumreihe auf die Fabrik zu. Auf dem Dach konnte er hektische Bewegungen ausmachen. Kurz darauf war dort wieder Ruhe eingekehrt. Hinter den Fenstern am Turm sah er jedoch ein Blitzen, er vermutete, die Reflexion eines Fernglases gesehen zu haben - offenbar wurden sie erwartet. Er überlegte: „Wenn die jemanden erwarten, dann sicherlich von der Straßenseite her." Er hoffte, dass er bislang nicht entdeckt worden war, aber der Camaro dort oben an der Toreinfahrt war sicherlich auffälliger als er.

Geduckt rannte er auf der Rückseite des Gebäudes auf das Bahngleis, als auf der Vorderseite die Hölle losbrach. Er nahm nur im Unterbewusstsein wahr, dass das Rotorengeräusch des Hubschraubers abriss und ein lautes Krachen von der anderen Seite des Gebäudes zu ihm herübertönte.

Er selbst erklomm die Laderampe und kollidierte, als er um die Ecke bog, mit einem Schwarzuniformierten, der offenbar noch Probleme hatte, sich an die neue Umgebungssituation zu gewöhnen. Bevor jenem das gelingen konnte, rammte Dago ihm die Kamera mit der Rückseite, welche mit einem dicken Akkupack bestückt war, ins Gesicht, er hoffte, dass das Knacken nicht das Zerbersten der Lithiumzellen bedeutete, und vergewisserte sich kurz, dass der Mann liegen blieb.

Dass er die Kamera bei der Gelegenheit einschaltete, war eher Routine und geschah unbewusst. Er beugte sich zu dem außer Gefecht gesetzten Gegner herab und erkundete mit Schaudern die Bewaffnung des Mannes. Neben dem Gewehr, das irgendwo neben ihm lag, hatte er einige eierförmige Handgranaten mit Bügel – Dago kannte die Dinger nur aus dem Fernsehen, aber sie waren klar als solche zu erkennen – an seinem Gürtel. Er enthakte den Gürtel und schwang sich das Dingen über die Schulter und eilte herab zu seinem ehemaligen Verließ.

Dort angekommen, pflückte er drei Granaten vom Gürtel und warf sie in den Tankraum - dann lief er, so schnell er konnte – hoffentlich hatte er mehr als die aus dem Film bekannten drei Sekunden. Leider nein.

Die Detonation der ersten Granate drückte ihn den Rest der Treppe hinauf, er strauchelte, fing sich wieder und lief weiter. Zwei Explosionen und weitere zehn Sekunden später, so schätzte er hinterher, lag er wieder einmal in einem Gebüsch, hatte die Kamera auf der Schulter und filmte die durch das brennende Flugbenzin wirkungsvoll illuminierte Szenerie der geisterhaft durcheinander rennenden Menschen.

Nur ein einzelner Mann, Dago hatte ihn genau im Visier und zoomte heran, ging aufrecht und scheinbar ohne Eile in seine Richtung. Hatte er ihn gesehen? „Ausgeschlossen." Der Mann ging ein paar Meter weiter. Neben der Holzhütte, in der Dago vor einigen Tagen noch gehockt hatte, und mit einigem Abstand zum Inferno, parkten einige der Geländewagen.

In eines jener Vehikel schwang er sich – und wartete. Der Mann rief irgendwas und aus den Wirren tauchte ein zweiter Mann auf, offenbar verletzt, er hielt mit der einen Hand einen Koffer, mit der anderen jedoch seinen Kopf. Der Wartende trieb den Schwankenden nun mit lauten Worten zur Eile an. Dago identifizierte die beiden als den General und Finkelsteyn.

„Die wollen sich aus dem Staub machen", schoss es ihm durch den Kopf. Er stand auf und rannte auf die Autos zu, egal ob ihn die beiden sahen oder nicht. Der explodierende Tankwagen spuckte einzelne brennende Tropfen auf ihn, doch er rannte weiter. Er enterte den Jeep. Die Digicam schleuderte er auf den Beifahrersitz, hoffte, dass die Schlüssel steckten, drehte diese nach entsprechender Bestätigung um und folgte den Flüchtenden entschlossen in die Flammenwand.

Um ein Haar hätte er seine beiden Partner überfahren, er fing den Wagen jedoch mit einem geschickten Manöver ab und schlitterte an Calla vorbei. Er sah den Jeep des Generals vor sich rechts auf die Hauptstraße abbiegen und folgte ihm mit heulendem Motor.

Vor einigen Tagen war er noch auf dieser Strecke der Verfolgte gewesen. Er raste die Landstraße 591 entlang, links und rechts flogen kleinere Höfe und vereinzelte Gewerbebetriebe an ihm vorbei. Beim ersten Kreisverkehr hätte es ihn fast in die Büsche geworfen, so dass er den zweiten mit etwas gedrosseltem Tempo befuhr. Der Jeep vor ihm hatte es da leichter, er kümmerte sich nicht um die dem motorisierten Individualverkehr zugedachte Verkehrsführung, sondern bretterte mitten durch die Bepflanzungen der Mittelinseln. Dennoch hielt Dago gut mit, die für den Verkehr mittlerweile wieder freigegebene Autobahnauffahrt durchrutschte er mit angezogener Handbremse.

Auf der Bahn konnte er ihnen bis auf wenige Meter folgen, dann jedoch rammten die Flüchtenden einen vor ihnen fahrenden Laster. Der Lastkraftwagen kam mitsamt seinem Anhänger ins Schleudern, beschrieb einige Traversen über die Fahrbahn und kam dann – gestoppt durch die Leitplanke – auf dem Seitenstreifen zum Stehen. Bis Dago endlich vorbei fahren konnte, war der Wagen vor ihm nicht mehr zu sehen.

Verbissen hielt Dago drauf, irgendwo vor ihm musste der Verfolgte doch bald wieder auftauchen. Er heizte mit Vollgas über den Rastplatz Buddenkuhle, zog sich so den Zorn einiger pausierender Reisender zu, die wütend ihre Fäuste reckten, doch auch hier war keine Spur von dem gesuchten Wagen zu entdecken, und scherte wieder auf die Autobahn ein.

Als Dago das *Ausfahrt*-Schild bemerkte, hatte er den so bezeichneten Abzweig bereits verpasst. Er fluchte laut, trat aufs Gas und beschleunigte kurz, um dann nach einem abrupten Bremsmanöver die Auffahrt in entgegengesetzter Fahrtrichtung herauf zu schießen. Oben war die Richtung für ihn klar, als er das Schild *Flughafen* registrierte.

Er riss das Auto nach rechts, das Auto schlingerte auf die Bundesstraße 475. Er überquerte den Kanal, durchfuhr den Kreisverkehr gegen den Uhrzeigersinn und nahm dann die erste Ausfahrt. Für die restlichen eineinhalb Kilometer holte er noch mal alles aus dem Jeep, bis er das Terminal des Flughafens erreichte.

Einige Abholer und Hinbringer rollten vor dem Gebäude entlang, doch seine Opponenten konnte er nirgends entdecken. Jetzt erst erreichte die kleine, unscheinbare Seitenstraße zum Beginn der Stellplatzansammlung, die er vorhin passiert hatte, sein Bewusstsein.

Er riss den Wagen herum, fuhr ein Stück zurück und bog dann in den von einem *Durchfahrt-Verboten*-Schild bewachten Weg. Dieser führte ihn wieder durch ein Feld entlang der Beschilderung *Deutscher Wetterdienst*. Es ging scharf nach rechts, dann fuhr er in ein Waldstück hinein. Hier boten sich ihm die Alternativen, nach rechts oder nach links zu fahren. Dann bemerkte er, dass vor ihm noch ein kleiner Feldweg die soeben befahrene Straße geradeaus weiterführte. Er wusste nicht, woher er die Sicherheit nahm, aber er trat aufs Gas, wirbelte etwas Schlamm zur Seite und stob über den Wirtschaftsweg in den Wald hinein.

„Bingo", dachte er sich, als er ein offen stehendes Tor der Flughafenumzäunung hindurch fuhr, das nach seinem Dafürhalten eigentlich den Beginn des sicherheitsrelevanten Bereiches bedeuten und daher geschlossen sein sollte. Er passierte *Tor 10* und fand sich auf der Start- und

Landebahn wieder: Und tatsächlich, vor ihm tanzten die Rücklichter des gesuchten Jeeps.

Der rasende Reporter gab Vollgas und der Fahrer vor ihm tat es ihm gleich. Beide Wagen rasten über das Flugfeld. Doch dieses Mal war Dago im Vorteil: Er konnte nach vorne gucken und hatte sowohl die Piste als auch seine Gegner im Blick, jene mussten naturgemäß den Blick nach hinten wenden, um ihren Verfolger zu beobachten.

Eben jenes taten sie offensichtlich und so entging ihnen die dunkle Propellermaschine, deren dunkler, riesenhafter Schatten sich in ihren Weg schob. Als Dago bremste, war es für den General und für Finkelsteyn bereits zu spät.

Ihr Wagen krachte zunächst vor das Fahrwerk und vollführte einen spontanen Sprung nach oben, während das Ständerwerk wegknickte und dem Gewicht des schweren Fliegers nichts mehr entgegensetzen konnte.

Dago konnte noch einen kurzen, hellen Blitz wahrnehmen, dann erfasste eine Druckwelle sein Fahrzeug und warf es auf die Seite.

Als Dago wieder aufwachte, spürte er ein sanftes Schaukeln. Er öffnete die Augen und blickte in einen tanzenden Sternenhimmel.
„Hallo Reporter, na alles klar?", fragte Paula ihn mit sanfter Stimme.

Dago nickte und schloss wieder die Augen, nach all den Strapazen bewertete er das sanfte Schaukeln der Trage, auf der er fortbewegt wurde, als sehr angenehm und äußerst einschläfernd.

Alles wird gut

Zwei Tage später, Dago hatte inzwischen das Krankenhaus nach kurzer Beobachtung verlassen, saßen Paula und er auf dem Bett ihres Hotelzimmers im Gasthaus *Zur Post* inmitten eines Berges von Zeitungen.

Es hatte Calla eine Flasche Champagner, einen riesigen Strauß Rosen und eine Menge entschuldigender Worte gekostet, bis Paula wieder bereit war, sich mit ihm zusammenzusetzen. Dago kostete Selbiges zu seinem Glück nur einen Kuss.
Dennoch nahm er sich vor, sein egozentrisches und unbeherrschtes Gehabe etwas zu bändigen – jedenfalls in Gegenwart dieser Frau - konnte er sich mit Paula doch, trotz der kurzen Zeit ihres Zusammenseins, tatsächlich eine gemeinsame Zukunft vorstellen. Vorsichtshalber bat er seinen Chef, den, jenem bis zu diesem Zeitpunkt verborgen gebliebenen, Sandvorrat aus dem Kofferraum des Jaguars vor der KFZ-Rückgabe irgendwo zwecks weiterer Verwendung zu lagern.

„Hammer!", sagte Paula verwundet, die gerade die versprenkelten Brandwunden auf Dagos Haut mit irgendeinem glitschigen Gel versorgte, „ein paar Zeilen im Lokalteil, sonst nichts."
„Tja, mehr brauche jedenfalls ich nicht für mein Ego", entgegnete Dago, worauf ein Kissen in seinem Gesicht landete. „Jetzt sag doch mal: So ein Ding passiert, ein ganzer Ort im Kriegszustand, ein explodiertes Flugzeug – und fast nichts ist darüber zu lesen."

„Tja, *die* haben das ganz gut im Griff. Schließlich wollen *die* ja auch nicht, dass der Skandal zu breit ausgewalzt wird. Überlege doch mal: Eine geheime und illegale Untergrundorganisation der Bundeswehr, des MAD oder sonst woher macht sich breit, rekrutiert Kämpfer und nutzt dabei die Infrastruktur der ach so friedlichen und neutralen Bundeswehr. Und das jahrelang, ohne dass das auffällt."

„…und dann ist noch die halbe Provinzprominenz verwickelt. Und die C-160 vom alten Finkelsteyn begräbt seinen Besitzer und den General absolut final unter sich. Die wollten sich vermutlich auf die Kanaren nach Fuerteventura absetzen. Das Witzige dabei: Der Flug war zumindest bei den Spaniern nicht angemeldet."

„Wird Zeit, dass wir da mal ein bisschen Schwung in die Sache bringen", merkte Calla an, der gerade das Zimmer betrat.

„Das werden sie nicht", herrschte ihn eine abgehackte, dunkle Stimme an.
„Jetzt wird's langsam voll hier", bemerkte Paula sachlich, als eine kurzgeschorene Kampfmaschine in Uniform sich in den Raum drängte, gefolgt von einem Männchen, der offenbar seine Körpergröße durch das Ausstrahlen von Wichtigkeit zu kompensieren gedachte, in seinem schlecht sitzenden Anzug aber eher lächerlich wirkte.

„Wir fordern sie hiermit im Namen der Bundesrepublik auf, das Thema zu vergessen", dröhnte Rambo. „Wir sind bereit, ihnen als Ausgleich dafür eine ansehnliche Aufwandsentschädigung zu zahlen", piepste der Kleine.

„Und wer sind sie?", fragte Paula.
„Das sollten gerade sie wissen. Sie machen doch sonst ihren Job so gewissenhaft. Ihnen liegt doch an ihrem Beruf, Frau von Dyk?", fragte der Kämpfer. Der Kurzgewachsene zückte einen Umschlag. „Hier, das ist für sie. Und jetzt geben sie mir bitte ihre Aufnahmen."

Mit diesen Worten griff der Kräftige zur Kamera, die neben dem Bett auf dem Fußboden lag. Nachdem er nach einer Minute endlich die Eject-Taste gefunden und bedient hatte, öffnete sich das leere Kassettenfach. „Wo ist das Band", ranzte er. „Ja, wo isses denn? Ups. Das Band ist wohl weg. Schade", kommentierte Calla, "dann würde ich vorschlagen, dass sie nun umgehend unser Zimmer verlassen – wir werden es dann mal suchen müssen. Ich gehe doch davon aus, dass sie sich nach den ganzen Vorfällen nicht unbedingt im Beisein der Polizei ausweisen wollen. Ach ja… Vergessen sie ihren Umschlag nicht."
„Was glauben sie…", piepste Stimmchen, wurde aber von Reibeisen aus der Tür geschoben.

„Habt Ihr die Tätowierung am Hals des Ekels gesehen?", fragte Calla, nachdem die drei ihre Fassung wieder gefunden hatten. „Ja, da war ein Schwert oder so etwas, das baumelte an einem Fallschirm." „Gladio!", rief Paula,

„eine ehemals geheime Stay-Behind-Organisation der Nato, von der derzeit unklar ist, ob es sie noch gibt oder nicht."

„Die Frage dürfte nun wenigstens beantwortet sein, aber offenbar haben auch die sich ein wenig verselbständigt", sagte Dago, „ich würde vorschlagen, ich telefoniere noch ein bisschen und dann machen wir eine kleine Spazierfahrt."

Eine halbe Stunde später machten sie sich auf den Weg. Auf dem Parkplatz entdeckten sie ihre Besucher von vorhin wieder.

Paula winkte ihnen zu, bevor sie in Callas Auto stiegen. Sie fuhren los, gefolgt von den beiden Gladiatoren in einem schweren, schwarzen BMW. Als sie den Ort passiert hatten, fuhren sie in den Kreisverkehr hinein. Calla gelang es noch, sich vor die Zugmaschine mit dem beladenen Anhänger zu drängen, die gerade den Kreisverkehr umrundete.
Calla verließ mit Vollgas den Kreisverkehr und überließ es dem BMW, eine langsame Ehrenrunde zu drehen.

Der Jaguar schoss einige hundert Meter über die Landstraße, schlingerte dann hinter einer Kurve um die nächste Straßenecke und verschwand dann in einer dichter bebauten Siedlung. Nachdem sie dort einige Male abgebogen waren erreichten sie den Autohof an der Autobahnabfahrt.

„So, jetzt warten wir auf Paul", sagte Dago. „Wer zum Teufel ist Paul?", fragte Calla. „Der Typ mit dem Volvo, der dort hinten wartet." Calla lenkte den Wagen zum mittlerweile auf dem LKW-Parkplatz, im Schatten einiger Mehrtonner verborgen, abgestellten 750er Schwedenwagen, in dem ein zerzauster Mann einen Hamburger vom nahe gelegenen Drive-In kaute.
„Hi Dago!"
„Hi Paul", grüßte Dago zurück und drückte dem Angesprochenen eine Mini-DV-Videokassette in die Hand.

Dieser öffnete sein Handschuhfach, das mit technischen Gerätschaften, die weit über den obligatorischen Funkscanner hinausgingen, überfüllt war und schubste das Band in ein Laufwerk.
Ein Monitor zwischen den Sitzen zeigte die aufgenommenen Szenen der letzten Tage. Als Paul die Bilder aus Brochterbeck und die Gesichter der damals Flüchtenden, jetzt Toten, sah, grinste er. „Ein bisschen verwackelt, du solltest mal bei der VHS einen Kurs machen – Was willst du dafür?"

„Nichts, nimm die Bilder und mach was Schönes draus, okay? Wenn dir das gelingt, will ich nichts dafür haben."
Paul nickte, tippte sich mit den Fingern kurz an die Schläfe und fuhr los.

„Mein alter Kumpel vom WDR", erklärte Dago, „wenn jemand was mit den Bildern anstellen kann, dann er."
„Und jetzt machen wir Urlaub", beschloss Paula. Dago blickte Calla an, der zustimmend nickte. „So einfach habe

ich meinen Urlaubsantrag bisher noch nie genehmigt bekommen", sagte Dago, „und wo fahren wir hin?"

„Wir bleiben einfach hier", entgegnete Paula, „suchen uns ein kleines Haus und überlegen uns, ob das nicht ein Dauerzustand werden kann." Er protestierte nicht.

„Putschversuch im Münsterland. Spuren führen nach Berlin", lasen sie einige Tage später die Überschrift im Spiegel, den sie vor sich auf dem Tisch liegen hatten. „TV-Magazin deckt Verschwörungspläne auf – was taugen unsere Geheimdienste noch?" lass Paula weiter, „Eine bislang unbekannte Gruppe nationaler Aktivisten hat nach bisherigen Kenntnissen versucht, eine logistische Basis für paramilitärische Operationen in Deutschland und im europäischen Ausland aufzubauen. Nach ersten Erkenntnissen…."

„Verschwörung? Hier im ruhigen Münsterland?" unterbracht Dago, „Kann ich mir nicht vorstellen!"

Sie saßen direkt an der Fußgängerzone von Greven und obwohl Markttag war, kam ihnen ihr ganzes Umfeld unwirklich ruhig und geordnet vor.